The Simian Prophecies

DR. KATSUMI TAKAYAMA

Copyright © 2020 Dr. Katsumi Takayama

All rights reserved.

ISBN: 9798601942683

In 1902, a gorilla was born in a San Francisco zoo. His stock market predictions will *shock* you.

This is the book that the Federal Reserve Bank does *not* want you to read. It is the highly classified, yet amazing story of *Simio* the ape, who successfully predicted every single stock market crash over the past one hundred years.

CONTENTS

Foreword	1
First Book of Prophecies	7
Second Book of Prophecies	27
Third Book of Prophecies	47
Fourth Book of Prophecies	67
Fifth Book of Prophecies	87
Sixth Book of Prophecies	107
Final Book of Prophecies	127

FOREWORD

In 1902, a female gorilla gave birth to a healthy male baby in one of the ape enclosures of a San Francisco zoo. The zookeepers named the infant *Simio*, which means "simian" in Spanish.

Enjoying a rather uneventful existence, things took a turn for the chilling one day. A few weeks after his fourth birthday, the zookeepers noticed the young gorilla running around his enclosure in an extremely agitated state, roaring and rattling the fences. Such behavior was unusual for *Simio*, who had, up until that point, developed a reputation as one of the calmest gorillas in the zoo. Unable to tranquilize him, the zookeepers could only look on as *Simio* terrorized nearly every visitor who passed by. This very strange incident occurred on April 17, 1906.

The very next day, something terrible happened... the great California earthquake of 1906 struck just two miles west of the city, wreaking havoc everywhere. Over 80 percent of San Francisco was destroyed either as a direct result of the earthquake, or because of the ensuing fires. Back at the zoo, the majority of the animal enclosures and fence lines were devastated beyond repair, with many of the animals taking advantage of the situation and escaping... but not *Simio*. In complete contrast to his behavior the other day, *Simio* was found calmly sitting in front of a four foot wide hole along the fence.

Could *Simio* have felt the earthquake coming the other day? The director of the zoo was certainly convinced.

He promptly brought *Simio*'s remarkable story to the attention of Japanese researcher *Shimoda Hisamatsu* (who would much later be known for his discovery of the eponymous phenomenon, the Hisamatsu sine waves). The scientist selected *Simio* to participate in a ground breaking study along with several other precocious young gorillas and chimpanzees from around the world. The object of the study was to place each ape in front of a typewriter and see what they could come up with.

As expected, all of the apes, including *Simio*, came up with a bunch of gibberish. About to throw *Simio*'s "work" in the garbage, *Dr. Hisamatsu* noticed something peculiar at the very last minute.

Taken together, the first letters, or numbers, of each paragraph appeared to convey a coherent and shocking message. It read:

"O.C.T.O.B.E.R. 2.4. 1.9.2.9. S.T.O.C.K. M.A.R.K.E.T. C.R.A.S.H. D.E.P.R.E.S.S.I.O.N. T.O. F.O.L.L.O.W."

About a decade later, the unthinkable happened... Black Thursday... with the stock market crashing over 11 percent at the opening bell... on the very same day that *Simio* had predicted.

Throughout the years that followed, *Dr. Hisamatsu* continued to place *Simio* in front of typewriters. Some of the works he came up with were truly amazing. Unfortunately, most became lost to history... for after it had become known that *Simio* had predicted the Great Depression, president *Franklin Delano Roosevelt* ordered all of his works destroyed.

Why would the president do such a thing?

It turned out that one of *Simio*'s other

predictions was that the U.S. government would confiscate everyone's gold and prevent its ownership going forward. Before the ink even had a chance to dry on Executive Order 6102 (which was *Roosevelt*'s infamous order banning the private ownership of gold), *F.D.R.* signed Executive Order 6103, which destroyed all records of *Simio*'s existence.

As decades went on and generations came and went, all memories of *Simio* seemingly disappeared... but every now and then, rumors surfaced of high performing Wall Street investors using some kind of secret prophecy. These claims, however, were mostly written off as nonsense by the media and the public at large. And though it was confined to the domain of conspiracy theorists, some of the names brought up as being connected to such "secret prophecies" were, among others, investing heavyweights like *Warren Buffet*, *John Templeton*, and *Jack Bogle*.

Not having heard these rumors since I was a graduate student in the Eighties during the Japanese asset price bubble, I had almost forgotten about them... but one day, on a trip to San Francisco, I discovered something that would shock me. After a gust of wind blew my hat into a dark and desolate alley, I went against my better judgement and decided to chase after it. Lying next to my hat, I found a dusty old manuscript. Curious, I decided to take it with me and read it. As I went through it, I could not believe what I read.

It was a collection of prophecies accurately depicting the financial events and crises of the last one hundred years, including the Japanese market bubble I had personally lived through... but what was most shocking and terrifying were the passages describing the future.

Doing some more research on the manuscript when I got home, I realized that it was written by none other than *Simio* the ape! So for all the world to see, I hereby present the writings contained in his manuscript...

-Dr. Katsumi Takayama

FIRST BOOK OF PROPHECIES

Ooh-ooh aah-ahh. Ooh-ooh aah-ahh. Ooh-ooh aah-aah. Ooh-ooh aah-ahh. Ooh-ooh aah-ahh. Ooh-ooh aah-ahh. Ooh-ooh aah-ahh. Ooh-ooh aah-ahh. Ooh-ooh aah-ahh. Ooh-ooh aah-ahh. Ooh-ooh aah-ahh. Ooh-ooh aah-ahh. Ooh-ooh aah-ahh. Ooh-ooh aah-ahh. Ooh-ooh aah-ahh. Ooh-ooh aah-ahh.

Ooh-ooh aah-ahh. Ooh-ooh aah-ahh. Ooh-ooh aah-aah. Ooh-ooh aah-ahh. Ooh-ooh aah-ahh. Ooh-ooh aah-ahh. Ooh-ooh aah-ahh. Ooh-ooh aah-ahh. Ooh-ooh aah-ahh. Ooh-ooh aah-ahh. Ooh-ooh aah-ahh. Ooh-ooh aah-ahh. Ooh-ooh aah-ahh. Ooh-ooh aah-ahh. Ooh-ooh aah-ahh. Ooh-ooh aah-ahh. Ooh-ooh aah-ahh.

FIRST BOOK OF PROPHECIES

Ooh-ooh aah-ahh. Ooh-ooh aah-ahh. Ooh-ooh aah-aah. Ooh-ooh aah-ahh. Ooh-ooh aah-ahh. Ooh-ooh aah-ahh. Ooh-ooh aah-ahh. Ooh-ooh aah-ahh. Ooh-ooh aah-ahh. Ooh-ooh aah-ahh. Ooh-ooh aah-ahh. Ooh-ooh aah-ahh. Ooh-ooh aah-ahh. Ooh-ooh aah-ahh. Ooh-ooh aah-ahh. Ooh-ooh aah-ahh. Ooh-ooh aah-ahh.

Ooh-ooh aah-ahh. Ooh-ooh aah-ahh. Ooh-ooh aah-aah. Ooh-ooh aah-ahh. Ooh-ooh aah-ahh. Ooh-ooh aah-ahh. Ooh-ooh aah-ahh. Ooh-ooh aah-ahh. Ooh-ooh aah-ahh. Ooh-ooh aah-ahh. Ooh-ooh aah-ahh. Ooh-ooh aah-ahh. Ooh-ooh aah-ahh. Ooh-ooh aah-ahh. Ooh-ooh aah-ahh. Ooh-ooh aah-ahh. Ooh-ooh aah-ahh.

Ooh-ooh aah-ahh. Ooh-ooh aah-ahh. Ooh-ooh aah-aah. Ooh-ooh aah-ahh. Ooh-ooh aah-ahh. Ooh-ooh aah-ahh. Ooh-ooh aah-ahh. Ooh-ooh aah-ahh. Ooh-ooh aah-ahh. Ooh-ooh aah-ahh. Ooh-ooh aah-ahh. Ooh-ooh aah-ahh. Ooh-ooh aah-ahh. Ooh-ooh aah-ahh. Ooh-ooh aah-ahh. Ooh-ooh aah-ahh. Ooh-ooh aah-ahh.

Ooh-ooh aah-ahh. Ooh-ooh aah-ahh. Ooh-ooh aah-aah. Ooh-ooh aah-ahh. Ooh-ooh aah-ahh. Ooh-ooh aah-ahh. Ooh-ooh aah-ahh. Ooh-ooh aah-ahh. Ooh-ooh aah-ahh. Ooh-ooh aah-ahh. Ooh-ooh aah-ahh. Ooh-ooh aah-ahh. Ooh-ooh aah-ahh. Ooh-ooh aah-ahh.

FIRST BOOK OF PROPHECIES

Ooh-ooh aah-ahh. Ooh-ooh aah-ahh. Ooh-ooh aah-ahh. Ooh-ooh aah-ahh. Ooh-ooh aah-ahh.

Ooh-ooh aah-ahh. Ooh-ooh aah-ahh. Ooh-ooh aah-aah. Ooh-ooh aah-ahh. Ooh-ooh aah-ahh. Ooh-ooh aah-ahh. Ooh-ooh aah-ahh. Ooh-ooh aah-ahh. Ooh-ooh aah-ahh. Ooh-ooh aah-ahh. Ooh-ooh aah-ahh. Ooh-ooh aah-ahh. Ooh-ooh aah-ahh. Ooh-ooh aah-ahh. Ooh-ooh aah-ahh. Ooh-ooh aah-ahh. Ooh-ooh aah-ahh.

Ooh-ooh aah-ahh. Ooh-ooh aah-ahh. Ooh-ooh aah-aah. Ooh-ooh aah-ahh. Ooh-ooh aah-ahh. Ooh-ooh aah-ahh. Ooh-ooh aah-ahh. Ooh-ooh aah-ahh. Ooh-ooh aah-ahh. Ooh-ooh aah-ahh. Ooh-ooh aah-ahh. Ooh-ooh aah-ahh. Ooh-ooh aah-ahh. Ooh-ooh aah-ahh. Ooh-ooh aah-ahh. Ooh-ooh aah-ahh. Ooh-ooh aah-ahh.

Ooh-ooh aah-ahh. Ooh-ooh aah-ahh. Ooh-ooh aah-aah. Ooh-ooh aah-ahh. Ooh-ooh aah-ahh. Ooh-ooh aah-ahh. Ooh-ooh aah-ahh. Ooh-ooh aah-ahh. Ooh-ooh aah-ahh. Ooh-ooh aah-ahh. Ooh-ooh aah-ahh. Ooh-ooh aah-ahh. Ooh-ooh aah-ahh. Ooh-ooh aah-ahh. Ooh-ooh aah-ahh. Ooh-ooh aah-ahh. Ooh-ooh aah-ahh.

Ooh-ooh aah-ahh. Ooh-ooh aah-ahh. Ooh-ooh aah-aah. Ooh-ooh aah-ahh. Ooh-ooh aah-ahh. Ooh-ooh aah-ahh. Ooh-ooh aah-ahh. Ooh-ooh

FIRST BOOK OF PROPHECIES

aah-ahh. Ooh-ooh aah-ahh. Ooh-ooh aah-ahh. Ooh-ooh aah-ahh. Ooh-ooh aah-ahh. Ooh-ooh aah-ahh. Ooh-ooh aah-ahh. Ooh-ooh aah-ahh. Ooh-ooh aah-ahh. Ooh-ooh aah-ahh. Ooh-ooh aah-ahh. Ooh-ooh aah-ahh. Ooh-ooh aah-ahh.

Ooh-ooh aah-ahh. Ooh-ooh aah-ahh. Ooh-ooh aah-aah. Ooh-ooh aah-ahh. Ooh-ooh aah-ahh. Ooh-ooh aah-ahh. Ooh-ooh aah-ahh. Ooh-ooh aah-ahh. Ooh-ooh aah-ahh. Ooh-ooh aah-ahh. Ooh-ooh aah-ahh. Ooh-ooh aah-ahh. Ooh-ooh aah-ahh. Ooh-ooh aah-ahh. Ooh-ooh aah-ahh. Ooh-ooh aah-ahh.

Ooh-ooh aah-ahh. Ooh-ooh aah-ahh. Ooh-ooh aah-aah. Ooh-ooh aah-ahh. Ooh-ooh aah-ahh. Ooh-ooh aah-ahh. Ooh-ooh aah-ahh. Ooh-ooh aah-ahh. Ooh-ooh aah-ahh. Ooh-ooh aah-ahh. Ooh-ooh aah-ahh. Ooh-ooh aah-ahh. Ooh-ooh aah-ahh. Ooh-ooh aah-ahh. Ooh-ooh aah-ahh. Ooh-ooh aah-ahh.

Ooh-ooh aah-ahh. Ooh-ooh aah-ahh. Ooh-ooh aah-aah. Ooh-ooh aah-ahh. Ooh-ooh aah-ahh. Ooh-ooh aah-ahh. Ooh-ooh aah-ahh. Ooh-ooh aah-ahh. Ooh-ooh aah-ahh. Ooh-ooh aah-ahh. Ooh-ooh aah-ahh. Ooh-ooh aah-ahh. Ooh-ooh aah-ahh. Ooh-ooh aah-ahh. Ooh-ooh aah-ahh. Ooh-ooh aah-ahh.

FIRST BOOK OF PROPHECIES

Ooh-ooh aah-ahh. Ooh-ooh aah-ahh. Ooh-ooh aah-aah. Ooh-ooh aah-ahh. Ooh-ooh aah-ahh. Ooh-ooh aah-ahh. Ooh-ooh aah-ahh. Ooh-ooh aah-ahh. Ooh-ooh aah-ahh. Ooh-ooh aah-ahh. Ooh-ooh aah-ahh. Ooh-ooh aah-ahh. Ooh-ooh aah-ahh. Ooh-ooh aah-ahh. Ooh-ooh aah-ahh. Ooh-ooh aah-ahh. Ooh-ooh aah-ahh.

Ooh-ooh aah-ahh. Ooh-ooh aah-ahh. Ooh-ooh aah-aah. Ooh-ooh aah-ahh. Ooh-ooh aah-ahh. Ooh-ooh aah-ahh. Ooh-ooh aah-ahh. Ooh-ooh aah-ahh. Ooh-ooh aah-ahh. Ooh-ooh aah-ahh. Ooh-ooh aah-ahh. Ooh-ooh aah-ahh. Ooh-ooh aah-ahh. Ooh-ooh aah-ahh. Ooh-ooh aah-ahh. Ooh-ooh aah-ahh. Ooh-ooh aah-ahh.

Ooh-ooh aah-ahh. Ooh-ooh aah-ahh. Ooh-ooh aah-aah. Ooh-ooh aah-ahh. Ooh-ooh aah-ahh. Ooh-ooh aah-ahh. Ooh-ooh aah-ahh. Ooh-ooh aah-ahh. Ooh-ooh aah-ahh. Ooh-ooh aah-ahh. Ooh-ooh aah-ahh. Ooh-ooh aah-ahh. Ooh-ooh aah-ahh. Ooh-ooh aah-ahh. Ooh-ooh aah-ahh. Ooh-ooh aah-ahh. Ooh-ooh aah-ahh.

Ooh-ooh aah-ahh. Ooh-ooh aah-ahh. Ooh-ooh aah-aah. Ooh-ooh aah-ahh. Ooh-ooh aah-ahh. Ooh-ooh aah-ahh. Ooh-ooh aah-ahh. Ooh-ooh aah-ahh. Ooh-ooh aah-ahh. Ooh-ooh aah-ahh. Ooh-ooh aah-ahh. Ooh-ooh aah-ahh. Ooh-ooh aah-ahh. Ooh-ooh aah-ahh. Ooh-ooh aah-ahh.

FIRST BOOK OF PROPHECIES

Ooh-ooh aah-ahh. Ooh-ooh aah-ahh. Ooh-ooh aah-ahh. Ooh-ooh aah-ahh. Ooh-ooh aah-ahh.

Ooh-ooh aah-ahh. Ooh-ooh aah-ahh. Ooh-ooh aah-aah. Ooh-ooh aah-ahh. Ooh-ooh aah-ahh. Ooh-ooh aah-ahh. Ooh-ooh aah-ahh. Ooh-ooh aah-ahh. Ooh-ooh aah-ahh. Ooh-ooh aah-ahh. Ooh-ooh aah-ahh. Ooh-ooh aah-ahh. Ooh-ooh aah-ahh. Ooh-ooh aah-ahh. Ooh-ooh aah-ahh. Ooh-ooh aah-ahh. Ooh-ooh aah-ahh. Ooh-ooh aah-ahh.

Ooh-ooh aah-ahh. Ooh-ooh aah-ahh. Ooh-ooh aah-aah. Ooh-ooh aah-ahh. Ooh-ooh aah-ahh. Ooh-ooh aah-ahh. Ooh-ooh aah-ahh. Ooh-ooh aah-ahh. Ooh-ooh aah-ahh. Ooh-ooh aah-ahh. Ooh-ooh aah-ahh. Ooh-ooh aah-ahh. Ooh-ooh aah-ahh. Ooh-ooh aah-ahh. Ooh-ooh aah-ahh. Ooh-ooh aah-ahh. Ooh-ooh aah-ahh. Ooh-ooh aah-ahh.

Ooh-ooh aah-ahh. Ooh-ooh aah-ahh. Ooh-ooh aah-aah. Ooh-ooh aah-ahh. Ooh-ooh aah-ahh. Ooh-ooh aah-ahh. Ooh-ooh aah-ahh. Ooh-ooh aah-ahh. Ooh-ooh aah-ahh. Ooh-ooh aah-ahh. Ooh-ooh aah-ahh. Ooh-ooh aah-ahh. Ooh-ooh aah-ahh. Ooh-ooh aah-ahh. Ooh-ooh aah-ahh. Ooh-ooh aah-ahh. Ooh-ooh aah-ahh. Ooh-ooh aah-ahh.

Ooh-ooh aah-ahh. Ooh-ooh aah-ahh. Ooh-ooh aah-aah. Ooh-ooh aah-ahh. Ooh-ooh aah-ahh. Ooh-ooh aah-ahh. Ooh-ooh aah-ahh. Ooh-ooh

FIRST BOOK OF PROPHECIES

aah-ahh. Ooh-ooh aah-ahh. Ooh-ooh aah-ahh. Ooh-ooh aah-ahh. Ooh-ooh aah-ahh. Ooh-ooh aah-ahh. Ooh-ooh aah-ahh. Ooh-ooh aah-ahh. Ooh-ooh aah-ahh. Ooh-ooh aah-ahh. Ooh-ooh aah-ahh. Ooh-ooh aah-ahh.

Ooh-ooh aah-ahh. Ooh-ooh aah-ahh. Ooh-ooh aah-aah. Ooh-ooh aah-ahh. Ooh-ooh aah-ahh. Ooh-ooh aah-ahh. Ooh-ooh aah-ahh. Ooh-ooh aah-ahh. Ooh-ooh aah-ahh. Ooh-ooh aah-ahh. Ooh-ooh aah-ahh. Ooh-ooh aah-ahh. Ooh-ooh aah-ahh. Ooh-ooh aah-ahh. Ooh-ooh aah-ahh. Ooh-ooh aah-ahh. Ooh-ooh aah-ahh.

Ooh-ooh aah-ahh. Ooh-ooh aah-ahh. Ooh-ooh aah-aah. Ooh-ooh aah-ahh. Ooh-ooh aah-ahh. Ooh-ooh aah-ahh. Ooh-ooh aah-ahh. Ooh-ooh aah-ahh. Ooh-ooh aah-ahh. Ooh-ooh aah-ahh. Ooh-ooh aah-ahh. Ooh-ooh aah-ahh. Ooh-ooh aah-ahh. Ooh-ooh aah-ahh. Ooh-ooh aah-ahh. Ooh-ooh aah-ahh. Ooh-ooh aah-ahh.

Ooh-ooh aah-ahh. Ooh-ooh aah-ahh. Ooh-ooh aah-aah. Ooh-ooh aah-ahh. Ooh-ooh aah-ahh. Ooh-ooh aah-ahh. Ooh-ooh aah-ahh. Ooh-ooh aah-ahh. Ooh-ooh aah-ahh. Ooh-ooh aah-ahh. Ooh-ooh aah-ahh. Ooh-ooh aah-ahh. Ooh-ooh aah-ahh. Ooh-ooh aah-ahh. Ooh-ooh aah-ahh. Ooh-ooh aah-ahh. Ooh-ooh aah-ahh.

Ooh-ooh aah-ahh. Ooh-ooh aah-ahh. Ooh-ooh aah-aah. Ooh-ooh aah-ahh. Ooh-ooh aah-ahh. Ooh-ooh aah-ahh. Ooh-ooh aah-ahh. Ooh-ooh aah-ahh. Ooh-ooh aah-ahh. Ooh-ooh aah-ahh. Ooh-ooh aah-ahh. Ooh-ooh aah-ahh. Ooh-ooh aah-ahh. Ooh-ooh aah-ahh. Ooh-ooh aah-ahh. Ooh-ooh aah-ahh. Ooh-ooh aah-ahh.

Ooh-ooh aah-ahh. Ooh-ooh aah-ahh. Ooh-ooh aah-aah. Ooh-ooh aah-ahh. Ooh-ooh aah-ahh. Ooh-ooh aah-ahh. Ooh-ooh aah-ahh. Ooh-ooh aah-ahh. Ooh-ooh aah-ahh. Ooh-ooh aah-ahh. Ooh-ooh aah-ahh. Ooh-ooh aah-ahh. Ooh-ooh aah-ahh. Ooh-ooh aah-ahh. Ooh-ooh aah-ahh. Ooh-ooh aah-ahh. Ooh-ooh aah-ahh.

Ooh-ooh aah-ahh. Ooh-ooh aah-ahh. Ooh-ooh aah-aah. Ooh-ooh aah-ahh. Ooh-ooh aah-ahh. Ooh-ooh aah-ahh. Ooh-ooh aah-ahh. Ooh-ooh aah-ahh. Ooh-ooh aah-ahh. Ooh-ooh aah-ahh. Ooh-ooh aah-ahh. Ooh-ooh aah-ahh. Ooh-ooh aah-ahh. Ooh-ooh aah-ahh. Ooh-ooh aah-ahh. Ooh-ooh aah-ahh. Ooh-ooh aah-ahh.

Ooh-ooh aah-ahh. Ooh-ooh aah-ahh. Ooh-ooh aah-aah. Ooh-ooh aah-ahh. Ooh-ooh aah-ahh. Ooh-ooh aah-ahh. Ooh-ooh aah-ahh. Ooh-ooh aah-ahh. Ooh-ooh aah-ahh. Ooh-ooh aah-ahh. Ooh-ooh aah-ahh. Ooh-ooh aah-ahh. Ooh-ooh aah-ahh. Ooh-ooh aah-ahh. Ooh-ooh aah-ahh.

FIRST BOOK OF PROPHECIES

Ooh-ooh aah-ahh. Ooh-ooh aah-ahh. Ooh-ooh aah-ahh. Ooh-ooh aah-ahh. Ooh-ooh aah-ahh.

Ooh-ooh aah-ahh. Ooh-ooh aah-ahh. Ooh-ooh aah-aah. Ooh-ooh aah-ahh. Ooh-ooh aah-ahh. Ooh-ooh aah-ahh. Ooh-ooh aah-ahh. Ooh-ooh aah-ahh. Ooh-ooh aah-ahh. Ooh-ooh aah-ahh. Ooh-ooh aah-ahh. Ooh-ooh aah-ahh. Ooh-ooh aah-ahh. Ooh-ooh aah-ahh. Ooh-ooh aah-ahh. Ooh-ooh aah-ahh.

Ooh-ooh aah-ahh. Ooh-ooh aah-ahh. Ooh-ooh aah-aah. Ooh-ooh aah-ahh. Ooh-ooh aah-ahh. Ooh-ooh aah-ahh. Ooh-ooh aah-ahh. Ooh-ooh aah-ahh. Ooh-ooh aah-ahh. Ooh-ooh aah-ahh. Ooh-ooh aah-ahh. Ooh-ooh aah-ahh. Ooh-ooh aah-ahh. Ooh-ooh aah-ahh. Ooh-ooh aah-ahh. Ooh-ooh aah-ahh.

Ooh-ooh aah-ahh. Ooh-ooh aah-ahh. Ooh-ooh aah-aah. Ooh-ooh aah-ahh. Ooh-ooh aah-ahh. Ooh-ooh aah-ahh. Ooh-ooh aah-ahh. Ooh-ooh aah-ahh. Ooh-ooh aah-ahh. Ooh-ooh aah-ahh. Ooh-ooh aah-ahh. Ooh-ooh aah-ahh. Ooh-ooh aah-ahh. Ooh-ooh aah-ahh. Ooh-ooh aah-ahh. Ooh-ooh aah-ahh.

Ooh-ooh aah-ahh. Ooh-ooh aah-ahh. Ooh-ooh aah-aah. Ooh-ooh aah-ahh. Ooh-ooh aah-ahh. Ooh-ooh aah-ahh. Ooh-ooh aah-ahh. Ooh-ooh

FIRST BOOK OF PROPHECIES

aah-ahh. Ooh-ooh aah-ahh. Ooh-ooh aah-ahh. Ooh-ooh aah-ahh. Ooh-ooh aah-ahh. Ooh-ooh aah-ahh. Ooh-ooh aah-ahh. Ooh-ooh aah-ahh. Ooh-ooh aah-ahh. Ooh-ooh aah-ahh. Ooh-ooh aah-ahh. Ooh-ooh aah-ahh. Ooh-ooh aah-ahh.

Ooh-ooh aah-ahh. Ooh-ooh aah-ahh. Ooh-ooh aah-aah. Ooh-ooh aah-ahh. Ooh-ooh aah-ahh. Ooh-ooh aah-ahh. Ooh-ooh aah-ahh. Ooh-ooh aah-ahh. Ooh-ooh aah-ahh. Ooh-ooh aah-ahh. Ooh-ooh aah-ahh. Ooh-ooh aah-ahh. Ooh-ooh aah-ahh. Ooh-ooh aah-ahh. Ooh-ooh aah-ahh. Ooh-ooh aah-ahh. Ooh-ooh aah-ahh.

Ooh-ooh aah-ahh. Ooh-ooh aah-ahh. Ooh-ooh aah-aah. Ooh-ooh aah-ahh. Ooh-ooh aah-ahh. Ooh-ooh aah-ahh. Ooh-ooh aah-ahh. Ooh-ooh aah-ahh. Ooh-ooh aah-ahh. Ooh-ooh aah-ahh. Ooh-ooh aah-ahh. Ooh-ooh aah-ahh. Ooh-ooh aah-ahh. Ooh-ooh aah-ahh. Ooh-ooh aah-ahh. Ooh-ooh aah-ahh. Ooh-ooh aah-ahh.

Ooh-ooh aah-ahh. Ooh-ooh aah-ahh. Ooh-ooh aah-aah. Ooh-ooh aah-ahh. Ooh-ooh aah-ahh. Ooh-ooh aah-ahh. Ooh-ooh aah-ahh. Ooh-ooh aah-ahh. Ooh-ooh aah-ahh. Ooh-ooh aah-ahh. Ooh-ooh aah-ahh. Ooh-ooh aah-ahh. Ooh-ooh aah-ahh. Ooh-ooh aah-ahh. Ooh-ooh aah-ahh. Ooh-ooh aah-ahh. Ooh-ooh aah-ahh.

FIRST BOOK OF PROPHECIES

Ooh-ooh aah-ahh. Ooh-ooh aah-ahh. Ooh-ooh aah-aah. Ooh-ooh aah-ahh. Ooh-ooh aah-ahh. Ooh-ooh aah-ahh. Ooh-ooh aah-ahh. Ooh-ooh aah-ahh. Ooh-ooh aah-ahh. Ooh-ooh aah-ahh. Ooh-ooh aah-ahh. Ooh-ooh aah-ahh. Ooh-ooh aah-ahh. Ooh-ooh aah-ahh. Ooh-ooh aah-ahh. Ooh-ooh aah-ahh. Ooh-ooh aah-ahh. Ooh-ooh aah-ahh.

Ooh-ooh aah-ahh. Ooh-ooh aah-ahh. Ooh-ooh aah-aah. Ooh-ooh aah-ahh. Ooh-ooh aah-ahh. Ooh-ooh aah-ahh. Ooh-ooh aah-ahh. Ooh-ooh aah-ahh. Ooh-ooh aah-ahh. Ooh-ooh aah-ahh. Ooh-ooh aah-ahh. Ooh-ooh aah-ahh. Ooh-ooh aah-ahh. Ooh-ooh aah-ahh. Ooh-ooh aah-ahh. Ooh-ooh aah-ahh. Ooh-ooh aah-ahh. Ooh-ooh aah-ahh.

Ooh-ooh aah-ahh. Ooh-ooh aah-ahh. Ooh-ooh aah-aah. Ooh-ooh aah-ahh. Ooh-ooh aah-ahh. Ooh-ooh aah-ahh. Ooh-ooh aah-ahh. Ooh-ooh aah-ahh. Ooh-ooh aah-ahh. Ooh-ooh aah-ahh. Ooh-ooh aah-ahh. Ooh-ooh aah-ahh. Ooh-ooh aah-ahh. Ooh-ooh aah-ahh. Ooh-ooh aah-ahh. Ooh-ooh aah-ahh. Ooh-ooh aah-ahh. Ooh-ooh aah-ahh.

Ooh-ooh aah-ahh. Ooh-ooh aah-ahh. Ooh-ooh aah-aah. Ooh-ooh aah-ahh. Ooh-ooh aah-ahh. Ooh-ooh aah-ahh. Ooh-ooh aah-ahh. Ooh-ooh aah-ahh. Ooh-ooh aah-ahh. Ooh-ooh aah-ahh. Ooh-ooh aah-ahh. Ooh-ooh aah-ahh. Ooh-ooh aah-ahh. Ooh-ooh aah-ahh. Ooh-ooh aah-ahh.

FIRST BOOK OF PROPHECIES

Ooh-ooh aah-ahh. Ooh-ooh aah-ahh. Ooh-ooh aah-ahh. Ooh-ooh aah-ahh. Ooh-ooh aah-ahh.

Ooh-ooh aah-ahh. Ooh-ooh aah-ahh. Ooh-ooh aah-aah. Ooh-ooh aah-ahh. Ooh-ooh aah-ahh. Ooh-ooh aah-ahh. Ooh-ooh aah-ahh. Ooh-ooh aah-ahh. Ooh-ooh aah-ahh. Ooh-ooh aah-ahh. Ooh-ooh aah-ahh. Ooh-ooh aah-ahh. Ooh-ooh aah-ahh. Ooh-ooh aah-ahh. Ooh-ooh aah-ahh. Ooh-ooh aah-ahh. Ooh-ooh aah-ahh.

Ooh-ooh aah-ahh. Ooh-ooh aah-ahh. Ooh-ooh aah-aah. Ooh-ooh aah-ahh. Ooh-ooh aah-ahh. Ooh-ooh aah-ahh. Ooh-ooh aah-ahh. Ooh-ooh aah-ahh. Ooh-ooh aah-ahh. Ooh-ooh aah-ahh. Ooh-ooh aah-ahh. Ooh-ooh aah-ahh. Ooh-ooh aah-ahh. Ooh-ooh aah-ahh. Ooh-ooh aah-ahh. Ooh-ooh aah-ahh. Ooh-ooh aah-ahh.

Ooh-ooh aah-ahh. Ooh-ooh aah-ahh. Ooh-ooh aah-aah. Ooh-ooh aah-ahh. Ooh-ooh aah-ahh. Ooh-ooh aah-ahh. Ooh-ooh aah-ahh. Ooh-ooh aah-ahh. Ooh-ooh aah-ahh. Ooh-ooh aah-ahh. Ooh-ooh aah-ahh. Ooh-ooh aah-ahh. Ooh-ooh aah-ahh. Ooh-ooh aah-ahh. Ooh-ooh aah-ahh. Ooh-ooh aah-ahh. Ooh-ooh aah-ahh.

Ooh-ooh aah-ahh. Ooh-ooh aah-ahh. Ooh-ooh aah-aah. Ooh-ooh aah-ahh. Ooh-ooh aah-ahh. Ooh-ooh aah-ahh. Ooh-ooh aah-ahh. Ooh-ooh

FIRST BOOK OF PROPHECIES

aah-ahh. Ooh-ooh aah-ahh. Ooh-ooh aah-ahh. Ooh-ooh aah-ahh. Ooh-ooh aah-ahh. Ooh-ooh aah-ahh. Ooh-ooh aah-ahh. Ooh-ooh aah-ahh. Ooh-ooh aah-ahh. Ooh-ooh aah-ahh. Ooh-ooh aah-ahh. Ooh-ooh aah-ahh.

Ooh-ooh aah-ahh. Ooh-ooh aah-ahh. Ooh-ooh aah-aah. Ooh-ooh aah-ahh. Ooh-ooh aah-ahh. Ooh-ooh aah-ahh. Ooh-ooh aah-ahh. Ooh-ooh aah-ahh. Ooh-ooh aah-ahh. Ooh-ooh aah-ahh. Ooh-ooh aah-ahh. Ooh-ooh aah-ahh. Ooh-ooh aah-ahh. Ooh-ooh aah-ahh. Ooh-ooh aah-ahh. Ooh-ooh aah-ahh. Ooh-ooh aah-ahh.

Ooh-ooh aah-ahh. Ooh-ooh aah-ahh. Ooh-ooh aah-aah. Ooh-ooh aah-ahh. Ooh-ooh aah-ahh. Ooh-ooh aah-ahh. Ooh-ooh aah-ahh. Ooh-ooh aah-ahh. Ooh-ooh aah-ahh. Ooh-ooh aah-ahh. Ooh-ooh aah-ahh. Ooh-ooh aah-ahh. Ooh-ooh aah-ahh. Ooh-ooh aah-ahh. Ooh-ooh aah-ahh. Ooh-ooh aah-ahh. Ooh-ooh aah-ahh.

Ooh-ooh aah-ahh. Ooh-ooh aah-ahh. Ooh-ooh aah-aah. Ooh-ooh aah-ahh. Ooh-ooh aah-ahh. Ooh-ooh aah-ahh. Ooh-ooh aah-ahh. Ooh-ooh aah-ahh. Ooh-ooh aah-ahh. Ooh-ooh aah-ahh. Ooh-ooh aah-ahh. Ooh-ooh aah-ahh. Ooh-ooh aah-ahh. Ooh-ooh aah-ahh. Ooh-ooh aah-ahh. Ooh-ooh aah-ahh. Ooh-ooh aah-ahh.

FIRST BOOK OF PROPHECIES

Ooh-ooh aah-ahh. Ooh-ooh aah-ahh. Ooh-ooh aah-aah. Ooh-ooh aah-ahh. Ooh-ooh aah-ahh. Ooh-ooh aah-ahh. Ooh-ooh aah-ahh. Ooh-ooh aah-ahh. Ooh-ooh aah-ahh. Ooh-ooh aah-ahh. Ooh-ooh aah-ahh. Ooh-ooh aah-ahh. Ooh-ooh aah-ahh. Ooh-ooh aah-ahh. Ooh-ooh aah-ahh. Ooh-ooh aah-ahh. Ooh-ooh aah-ahh.

Ooh-ooh aah-ahh. Ooh-ooh aah-ahh. Ooh-ooh aah-aah. Ooh-ooh aah-ahh. Ooh-ooh aah-ahh. Ooh-ooh aah-ahh. Ooh-ooh aah-ahh. Ooh-ooh aah-ahh. Ooh-ooh aah-ahh. Ooh-ooh aah-ahh. Ooh-ooh aah-ahh. Ooh-ooh aah-ahh. Ooh-ooh aah-ahh. Ooh-ooh aah-ahh. Ooh-ooh aah-ahh. Ooh-ooh aah-ahh. Ooh-ooh aah-ahh.

Ooh-ooh aah-ahh. Ooh-ooh aah-ahh. Ooh-ooh aah-aah. Ooh-ooh aah-ahh. Ooh-ooh aah-ahh. Ooh-ooh aah-ahh. Ooh-ooh aah-ahh. Ooh-ooh aah-ahh. Ooh-ooh aah-ahh. Ooh-ooh aah-ahh. Ooh-ooh aah-ahh. Ooh-ooh aah-ahh. Ooh-ooh aah-ahh. Ooh-ooh aah-ahh. Ooh-ooh aah-ahh. Ooh-ooh aah-ahh. Ooh-ooh aah-ahh.

Ooh-ooh aah-ahh. Ooh-ooh aah-ahh. Ooh-ooh aah-aah. Ooh-ooh aah-ahh. Ooh-ooh aah-ahh. Ooh-ooh aah-ahh. Ooh-ooh aah-ahh. Ooh-ooh aah-ahh. Ooh-ooh aah-ahh. Ooh-ooh aah-ahh. Ooh-ooh aah-ahh. Ooh-ooh aah-ahh. Ooh-ooh aah-ahh. Ooh-ooh aah-ahh.

FIRST BOOK OF PROPHECIES

Ooh-ooh aah-ahh. Ooh-ooh aah-ahh. Ooh-ooh aah-ahh. Ooh-ooh aah-ahh. Ooh-ooh aah-ahh.

Ooh-ooh aah-ahh. Ooh-ooh aah-ahh. Ooh-ooh aah-aah. Ooh-ooh aah-ahh. Ooh-ooh aah-ahh. Ooh-ooh aah-ahh. Ooh-ooh aah-ahh. Ooh-ooh aah-ahh. Ooh-ooh aah-ahh. Ooh-ooh aah-ahh. Ooh-ooh aah-ahh. Ooh-ooh aah-ahh. Ooh-ooh aah-ahh. Ooh-ooh aah-ahh. Ooh-ooh aah-ahh. Ooh-ooh aah-ahh. Ooh-ooh aah-ahh.

Ooh-ooh aah-ahh. Ooh-ooh aah-ahh. Ooh-ooh aah-aah. Ooh-ooh aah-ahh. Ooh-ooh aah-ahh. Ooh-ooh aah-ahh. Ooh-ooh aah-ahh. Ooh-ooh aah-ahh. Ooh-ooh aah-ahh. Ooh-ooh aah-ahh. Ooh-ooh aah-ahh. Ooh-ooh aah-ahh. Ooh-ooh aah-ahh. Ooh-ooh aah-ahh. Ooh-ooh aah-ahh. Ooh-ooh aah-ahh. Ooh-ooh aah-ahh.

Ooh-ooh aah-ahh. Ooh-ooh aah-ahh. Ooh-ooh aah-aah. Ooh-ooh aah-ahh. Ooh-ooh aah-ahh. Ooh-ooh aah-ahh. Ooh-ooh aah-ahh. Ooh-ooh aah-ahh. Ooh-ooh aah-ahh. Ooh-ooh aah-ahh. Ooh-ooh aah-ahh. Ooh-ooh aah-ahh. Ooh-ooh aah-ahh. Ooh-ooh aah-ahh. Ooh-ooh aah-ahh. Ooh-ooh aah-ahh. Ooh-ooh aah-ahh.

Ooh-ooh aah-ahh. Ooh-ooh aah-ahh. Ooh-ooh aah-aah. Ooh-ooh aah-ahh. Ooh-ooh aah-ahh. Ooh-ooh aah-ahh. Ooh-ooh aah-ahh. Ooh-ooh

FIRST BOOK OF PROPHECIES

aah-ahh. Ooh-ooh aah-ahh. Ooh-ooh aah-ahh. Ooh-ooh aah-ahh. Ooh-ooh aah-ahh. Ooh-ooh aah-ahh. Ooh-ooh aah-ahh. Ooh-ooh aah-ahh. Ooh-ooh aah-ahh. Ooh-ooh aah-ahh. Ooh-ooh aah-ahh. Ooh-ooh aah-ahh. Ooh-ooh aah-ahh.

Ooh-ooh aah-ahh. Ooh-ooh aah-ahh. Ooh-ooh aah-aah. Ooh-ooh aah-ahh. Ooh-ooh aah-ahh. Ooh-ooh aah-ahh. Ooh-ooh aah-ahh. Ooh-ooh aah-ahh. Ooh-ooh aah-ahh. Ooh-ooh aah-ahh. Ooh-ooh aah-ahh. Ooh-ooh aah-ahh. Ooh-ooh aah-ahh. Ooh-ooh aah-ahh. Ooh-ooh aah-ahh. Ooh-ooh aah-ahh. Ooh-ooh aah-ahh.

Ooh-ooh aah-ahh. Ooh-ooh aah-ahh. Ooh-ooh aah-aah. Ooh-ooh aah-ahh. Ooh-ooh aah-ahh. Ooh-ooh aah-ahh. Ooh-ooh aah-ahh. Ooh-ooh aah-ahh. Ooh-ooh aah-ahh. Ooh-ooh aah-ahh. Ooh-ooh aah-ahh. Ooh-ooh aah-ahh. Ooh-ooh aah-ahh. Ooh-ooh aah-ahh. Ooh-ooh aah-ahh. Ooh-ooh aah-ahh. Ooh-ooh aah-ahh.

Ooh-ooh aah-ahh. Ooh-ooh aah-ahh. Ooh-ooh aah-aah. Ooh-ooh aah-ahh. Ooh-ooh aah-ahh. Ooh-ooh aah-ahh. Ooh-ooh aah-ahh. Ooh-ooh aah-ahh. Ooh-ooh aah-ahh. Ooh-ooh aah-ahh. Ooh-ooh aah-ahh. Ooh-ooh aah-ahh. Ooh-ooh aah-ahh. Ooh-ooh aah-ahh. Ooh-ooh aah-ahh. Ooh-ooh aah-ahh. Ooh-ooh aah-ahh.

FIRST BOOK OF PROPHECIES

Ooh-ooh aah-ahh. Ooh-ooh aah-ahh. Ooh-ooh aah-aah. Ooh-ooh aah-ahh. Ooh-ooh aah-ahh. Ooh-ooh aah-ahh. Ooh-ooh aah-ahh. Ooh-ooh aah-ahh. Ooh-ooh aah-ahh. Ooh-ooh aah-ahh. Ooh-ooh aah-ahh. Ooh-ooh aah-ahh. Ooh-ooh aah-ahh. Ooh-ooh aah-ahh. Ooh-ooh aah-ahh. Ooh-ooh aah-ahh. Ooh-ooh aah-ahh. Ooh-ooh aah-ahh.

Ooh-ooh aah-ahh. Ooh-ooh aah-ahh. Ooh-ooh aah-aah. Ooh-ooh aah-ahh. Ooh-ooh aah-ahh. Ooh-ooh aah-ahh. Ooh-ooh aah-ahh. Ooh-ooh aah-ahh. Ooh-ooh aah-ahh. Ooh-ooh aah-ahh. Ooh-ooh aah-ahh. Ooh-ooh aah-ahh. Ooh-ooh aah-ahh. Ooh-ooh aah-ahh. Ooh-ooh aah-ahh. Ooh-ooh aah-ahh. Ooh-ooh aah-ahh. Ooh-ooh aah-ahh.

Ooh-ooh aah-ahh. Ooh-ooh aah-ahh. Ooh-ooh aah-aah. Ooh-ooh aah-ahh. Ooh-ooh aah-ahh. Ooh-ooh aah-ahh. Ooh-ooh aah-ahh. Ooh-ooh aah-ahh. Ooh-ooh aah-ahh. Ooh-ooh aah-ahh. Ooh-ooh aah-ahh. Ooh-ooh aah-ahh. Ooh-ooh aah-ahh. Ooh-ooh aah-ahh. Ooh-ooh aah-ahh. Ooh-ooh aah-ahh. Ooh-ooh aah-ahh. Ooh-ooh aah-ahh.

Ooh-ooh aah-ahh. Ooh-ooh aah-ahh. Ooh-ooh aah-aah. Ooh-ooh aah-ahh. Ooh-ooh aah-ahh. Ooh-ooh aah-ahh. Ooh-ooh aah-ahh. Ooh-ooh aah-ahh. Ooh-ooh aah-ahh. Ooh-ooh aah-ahh. Ooh-ooh aah-ahh. Ooh-ooh aah-ahh. Ooh-ooh aah-ahh. Ooh-ooh aah-ahh. Ooh-ooh aah-ahh.

FIRST BOOK OF PROPHECIES

Ooh-ooh aah-ahh. Ooh-ooh aah-ahh. Ooh-ooh aah-ahh. Ooh-ooh aah-ahh. Ooh-ooh aah-ahh.

Ooh-ooh aah-ahh. Ooh-ooh aah-ahh. Ooh-ooh aah-aah. Ooh-ooh aah-ahh. Ooh-ooh aah-ahh. Ooh-ooh aah-ahh. Ooh-ooh aah-ahh. Ooh-ooh aah-ahh. Ooh-ooh aah-ahh. Ooh-ooh aah-ahh. Ooh-ooh aah-ahh. Ooh-ooh aah-ahh. Ooh-ooh aah-ahh. Ooh-ooh aah-ahh. Ooh-ooh aah-ahh. Ooh-ooh aah-ahh. Ooh-ooh aah-ahh.

Ooh-ooh aah-ahh. Ooh-ooh aah-ahh. Ooh-ooh aah-aah. Ooh-ooh aah-ahh. Ooh-ooh aah-ahh. Ooh-ooh aah-ahh. Ooh-ooh aah-ahh. Ooh-ooh aah-ahh. Ooh-ooh aah-ahh. Ooh-ooh aah-ahh. Ooh-ooh aah-ahh. Ooh-ooh aah-ahh. Ooh-ooh aah-ahh. Ooh-ooh aah-ahh. Ooh-ooh aah-ahh. Ooh-ooh aah-ahh. Ooh-ooh aah-ahh.

Ooh-ooh aah-ahh. Ooh-ooh aah-ahh. Ooh-ooh aah-aah. Ooh-ooh aah-ahh. Ooh-ooh aah-ahh. Ooh-ooh aah-ahh. Ooh-ooh aah-ahh. Ooh-ooh aah-ahh. Ooh-ooh aah-ahh. Ooh-ooh aah-ahh. Ooh-ooh aah-ahh. Ooh-ooh aah-ahh. Ooh-ooh aah-ahh. Ooh-ooh aah-ahh. Ooh-ooh aah-ahh. Ooh-ooh aah-ahh. Ooh-ooh aah-ahh.

Ooh-ooh aah-ahh. Ooh-ooh aah-ahh. Ooh-ooh aah-aah. Ooh-ooh aah-ahh. Ooh-ooh aah-ahh. Ooh-ooh aah-ahh. Ooh-ooh aah-ahh. Ooh-ooh

FIRST BOOK OF PROPHECIES

aah-ahh. Ooh-ooh aah-ahh. Ooh-ooh aah-ahh. Ooh-ooh aah-ahh. Ooh-ooh aah-ahh. Ooh-ooh aah-ahh. Ooh-ooh aah-ahh. Ooh-ooh aah-ahh. Ooh-ooh aah-ahh. Ooh-ooh aah-ahh. Ooh-ooh aah-ahh. Ooh-ooh aah-ahh. Ooh-ooh aah-ahh.

SECOND BOOK OF PROPHECIES

Ooh-ooh aah-ahh. Ooh-ooh aah-ahh. Ooh-ooh aah-aah. Ooh-ooh aah-ahh. Ooh-ooh aah-ahh. Ooh-ooh aah-ahh. Ooh-ooh aah-ahh. Ooh-ooh aah-ahh. Ooh-ooh aah-ahh. Ooh-ooh aah-ahh. Ooh-ooh aah-ahh. Ooh-ooh aah-ahh. Ooh-ooh aah-ahh. Ooh-ooh aah-ahh. Ooh-ooh aah-ahh. Ooh-ooh aah-ahh.

Ooh-ooh aah-ahh. Ooh-ooh aah-ahh. Ooh-ooh aah-aah. Ooh-ooh aah-ahh. Ooh-ooh aah-ahh. Ooh-ooh aah-ahh. Ooh-ooh aah-ahh. Ooh-ooh aah-ahh. Ooh-ooh aah-ahh. Ooh-ooh aah-ahh. Ooh-ooh aah-ahh. Ooh-ooh aah-ahh. Ooh-ooh aah-ahh. Ooh-ooh aah-ahh. Ooh-ooh aah-ahh. Ooh-ooh aah-ahh. Ooh-ooh aah-ahh.

SECOND BOOK OF PROPHECIES

Ooh-ooh aah-ahh. Ooh-ooh aah-ahh. Ooh-ooh aah-aah. Ooh-ooh aah-ahh. Ooh-ooh aah-ahh. Ooh-ooh aah-ahh. Ooh-ooh aah-ahh. Ooh-ooh aah-ahh. Ooh-ooh aah-ahh. Ooh-ooh aah-ahh. Ooh-ooh aah-ahh. Ooh-ooh aah-ahh. Ooh-ooh aah-ahh. Ooh-ooh aah-ahh. Ooh-ooh aah-ahh. Ooh-ooh aah-ahh. Ooh-ooh aah-ahh. Ooh-ooh aah-ahh.

Ooh-ooh aah-ahh. Ooh-ooh aah-ahh. Ooh-ooh aah-aah. Ooh-ooh aah-ahh. Ooh-ooh aah-ahh. Ooh-ooh aah-ahh. Ooh-ooh aah-ahh. Ooh-ooh aah-ahh. Ooh-ooh aah-ahh. Ooh-ooh aah-ahh. Ooh-ooh aah-ahh. Ooh-ooh aah-ahh. Ooh-ooh aah-ahh. Ooh-ooh aah-ahh. Ooh-ooh aah-ahh. Ooh-ooh aah-ahh. Ooh-ooh aah-ahh. Ooh-ooh aah-ahh.

Ooh-ooh aah-ahh. Ooh-ooh aah-ahh. Ooh-ooh aah-aah. Ooh-ooh aah-ahh. Ooh-ooh aah-ahh. Ooh-ooh aah-ahh. Ooh-ooh aah-ahh. Ooh-ooh aah-ahh. Ooh-ooh aah-ahh. Ooh-ooh aah-ahh. Ooh-ooh aah-ahh. Ooh-ooh aah-ahh. Ooh-ooh aah-ahh. Ooh-ooh aah-ahh. Ooh-ooh aah-ahh. Ooh-ooh aah-ahh. Ooh-ooh aah-ahh. Ooh-ooh aah-ahh.

Ooh-ooh aah-ahh. Ooh-ooh aah-ahh. Ooh-ooh aah-aah. Ooh-ooh aah-ahh. Ooh-ooh aah-ahh. Ooh-ooh aah-ahh. Ooh-ooh aah-ahh. Ooh-ooh aah-ahh. Ooh-ooh aah-ahh. Ooh-ooh aah-ahh. Ooh-ooh aah-ahh. Ooh-ooh aah-ahh. Ooh-ooh aah-ahh. Ooh-ooh aah-ahh. Ooh-ooh aah-ahh.

Ooh-ooh aah-ahh. Ooh-ooh aah-ahh. Ooh-ooh aah-ahh. Ooh-ooh aah-ahh. Ooh-ooh aah-ahh.

Ooh-ooh aah-ahh. Ooh-ooh aah-ahh. Ooh-ooh aah-aah. Ooh-ooh aah-ahh. Ooh-ooh aah-ahh. Ooh-ooh aah-ahh. Ooh-ooh aah-ahh. Ooh-ooh aah-ahh. Ooh-ooh aah-ahh. Ooh-ooh aah-ahh. Ooh-ooh aah-ahh. Ooh-ooh aah-ahh. Ooh-ooh aah-ahh. Ooh-ooh aah-ahh. Ooh-ooh aah-ahh. Ooh-ooh aah-ahh. Ooh-ooh aah-ahh.

Ooh-ooh aah-ahh. Ooh-ooh aah-ahh. Ooh-ooh aah-aah. Ooh-ooh aah-ahh. Ooh-ooh aah-ahh. Ooh-ooh aah-ahh. Ooh-ooh aah-ahh. Ooh-ooh aah-ahh. Ooh-ooh aah-ahh. Ooh-ooh aah-ahh. Ooh-ooh aah-ahh. Ooh-ooh aah-ahh. Ooh-ooh aah-ahh. Ooh-ooh aah-ahh. Ooh-ooh aah-ahh. Ooh-ooh aah-ahh. Ooh-ooh aah-ahh.

Ooh-ooh aah-ahh. Ooh-ooh aah-ahh. Ooh-ooh aah-aah. Ooh-ooh aah-ahh. Ooh-ooh aah-ahh. Ooh-ooh aah-ahh. Ooh-ooh aah-ahh. Ooh-ooh aah-ahh. Ooh-ooh aah-ahh. Ooh-ooh aah-ahh. Ooh-ooh aah-ahh. Ooh-ooh aah-ahh. Ooh-ooh aah-ahh. Ooh-ooh aah-ahh. Ooh-ooh aah-ahh. Ooh-ooh aah-ahh. Ooh-ooh aah-ahh.

Ooh-ooh aah-ahh. Ooh-ooh aah-ahh. Ooh-ooh aah-aah. Ooh-ooh aah-ahh. Ooh-ooh aah-ahh. Ooh-ooh aah-ahh. Ooh-ooh aah-ahh. Ooh-ooh

SECOND BOOK OF PROPHECIES

aah-ahh. Ooh-ooh aah-ahh. Ooh-ooh aah-ahh. Ooh-ooh aah-ahh. Ooh-ooh aah-ahh. Ooh-ooh aah-ahh. Ooh-ooh aah-ahh. Ooh-ooh aah-ahh. Ooh-ooh aah-ahh. Ooh-ooh aah-ahh. Ooh-ooh aah-ahh. Ooh-ooh aah-ahh.

Ooh-ooh aah-ahh. Ooh-ooh aah-ahh. Ooh-ooh aah-aah. Ooh-ooh aah-ahh. Ooh-ooh aah-ahh. Ooh-ooh aah-ahh. Ooh-ooh aah-ahh. Ooh-ooh aah-ahh. Ooh-ooh aah-ahh. Ooh-ooh aah-ahh. Ooh-ooh aah-ahh. Ooh-ooh aah-ahh. Ooh-ooh aah-ahh. Ooh-ooh aah-ahh. Ooh-ooh aah-ahh. Ooh-ooh aah-ahh. Ooh-ooh aah-ahh.

Ooh-ooh aah-ahh. Ooh-ooh aah-ahh. Ooh-ooh aah-aah. Ooh-ooh aah-ahh. Ooh-ooh aah-ahh. Ooh-ooh aah-ahh. Ooh-ooh aah-ahh. Ooh-ooh aah-ahh. Ooh-ooh aah-ahh. Ooh-ooh aah-ahh. Ooh-ooh aah-ahh. Ooh-ooh aah-ahh. Ooh-ooh aah-ahh. Ooh-ooh aah-ahh. Ooh-ooh aah-ahh. Ooh-ooh aah-ahh. Ooh-ooh aah-ahh.

Ooh-ooh aah-ahh. Ooh-ooh aah-ahh. Ooh-ooh aah-aah. Ooh-ooh aah-ahh. Ooh-ooh aah-ahh. Ooh-ooh aah-ahh. Ooh-ooh aah-ahh. Ooh-ooh aah-ahh. Ooh-ooh aah-ahh. Ooh-ooh aah-ahh. Ooh-ooh aah-ahh. Ooh-ooh aah-ahh. Ooh-ooh aah-ahh. Ooh-ooh aah-ahh. Ooh-ooh aah-ahh. Ooh-ooh aah-ahh. Ooh-ooh aah-ahh.

SECOND BOOK OF PROPHECIES

Ooh-ooh aah-ahh. Ooh-ooh aah-ahh. Ooh-ooh aah-aah. Ooh-ooh aah-ahh. Ooh-ooh aah-ahh. Ooh-ooh aah-ahh. Ooh-ooh aah-ahh. Ooh-ooh aah-ahh. Ooh-ooh aah-ahh. Ooh-ooh aah-ahh. Ooh-ooh aah-ahh. Ooh-ooh aah-ahh. Ooh-ooh aah-ahh. Ooh-ooh aah-ahh. Ooh-ooh aah-ahh. Ooh-ooh aah-ahh. Ooh-ooh aah-ahh.

Ooh-ooh aah-ahh. Ooh-ooh aah-ahh. Ooh-ooh aah-aah. Ooh-ooh aah-ahh. Ooh-ooh aah-ahh. Ooh-ooh aah-ahh. Ooh-ooh aah-ahh. Ooh-ooh aah-ahh. Ooh-ooh aah-ahh. Ooh-ooh aah-ahh. Ooh-ooh aah-ahh. Ooh-ooh aah-ahh. Ooh-ooh aah-ahh. Ooh-ooh aah-ahh. Ooh-ooh aah-ahh. Ooh-ooh aah-ahh. Ooh-ooh aah-ahh.

Ooh-ooh aah-ahh. Ooh-ooh aah-ahh. Ooh-ooh aah-aah. Ooh-ooh aah-ahh. Ooh-ooh aah-ahh. Ooh-ooh aah-ahh. Ooh-ooh aah-ahh. Ooh-ooh aah-ahh. Ooh-ooh aah-ahh. Ooh-ooh aah-ahh. Ooh-ooh aah-ahh. Ooh-ooh aah-ahh. Ooh-ooh aah-ahh. Ooh-ooh aah-ahh. Ooh-ooh aah-ahh. Ooh-ooh aah-ahh. Ooh-ooh aah-ahh.

Ooh-ooh aah-ahh. Ooh-ooh aah-ahh. Ooh-ooh aah-aah. Ooh-ooh aah-ahh. Ooh-ooh aah-ahh. Ooh-ooh aah-ahh. Ooh-ooh aah-ahh. Ooh-ooh aah-ahh. Ooh-ooh aah-ahh. Ooh-ooh aah-ahh. Ooh-ooh aah-ahh. Ooh-ooh aah-ahh. Ooh-ooh aah-ahh. Ooh-ooh aah-ahh. Ooh-ooh aah-ahh. Ooh-ooh aah-ahh.

SECOND BOOK OF PROPHECIES

Ooh-ooh aah-ahh. Ooh-ooh aah-ahh. Ooh-ooh aah-ahh. Ooh-ooh aah-ahh. Ooh-ooh aah-ahh.

Ooh-ooh aah-ahh. Ooh-ooh aah-ahh. Ooh-ooh aah-aah. Ooh-ooh aah-ahh. Ooh-ooh aah-ahh. Ooh-ooh aah-ahh. Ooh-ooh aah-ahh. Ooh-ooh aah-ahh. Ooh-ooh aah-ahh. Ooh-ooh aah-ahh. Ooh-ooh aah-ahh. Ooh-ooh aah-ahh. Ooh-ooh aah-ahh. Ooh-ooh aah-ahh. Ooh-ooh aah-ahh. Ooh-ooh aah-ahh.

Ooh-ooh aah-ahh. Ooh-ooh aah-ahh. Ooh-ooh aah-aah. Ooh-ooh aah-ahh. Ooh-ooh aah-ahh. Ooh-ooh aah-ahh. Ooh-ooh aah-ahh. Ooh-ooh aah-ahh. Ooh-ooh aah-ahh. Ooh-ooh aah-ahh. Ooh-ooh aah-ahh. Ooh-ooh aah-ahh. Ooh-ooh aah-ahh. Ooh-ooh aah-ahh. Ooh-ooh aah-ahh. Ooh-ooh aah-ahh.

Ooh-ooh aah-ahh. Ooh-ooh aah-ahh. Ooh-ooh aah-aah. Ooh-ooh aah-ahh. Ooh-ooh aah-ahh. Ooh-ooh aah-ahh. Ooh-ooh aah-ahh. Ooh-ooh aah-ahh. Ooh-ooh aah-ahh. Ooh-ooh aah-ahh. Ooh-ooh aah-ahh. Ooh-ooh aah-ahh. Ooh-ooh aah-ahh. Ooh-ooh aah-ahh. Ooh-ooh aah-ahh. Ooh-ooh aah-ahh.

Ooh-ooh aah-ahh. Ooh-ooh aah-ahh. Ooh-ooh aah-aah. Ooh-ooh aah-ahh. Ooh-ooh aah-ahh. Ooh-ooh aah-ahh. Ooh-ooh aah-ahh. Ooh-ooh

aah-ahh. Ooh-ooh aah-ahh. Ooh-ooh aah-ahh.
Ooh-ooh aah-ahh. Ooh-ooh aah-ahh. Ooh-ooh
aah-ahh. Ooh-ooh aah-ahh. Ooh-ooh aah-ahh.
Ooh-ooh aah-ahh. Ooh-ooh aah-ahh. Ooh-ooh
aah-ahh. Ooh-ooh aah-ahh. Ooh-ooh aah-ahh.

Ooh-ooh aah-ahh. Ooh-ooh aah-ahh. Ooh-ooh
aah-aah. Ooh-ooh aah-ahh. Ooh-ooh aah-ahh.
Ooh-ooh aah-ahh. Ooh-ooh aah-ahh. Ooh-ooh
aah-ahh. Ooh-ooh aah-ahh. Ooh-ooh aah-ahh.
Ooh-ooh aah-ahh. Ooh-ooh aah-ahh. Ooh-ooh
aah-ahh. Ooh-ooh aah-ahh. Ooh-ooh aah-ahh.
Ooh-ooh aah-ahh. Ooh-ooh aah-ahh. Ooh-ooh
aah-ahh. Ooh-ooh aah-ahh. Ooh-ooh aah-ahh.

Ooh-ooh aah-ahh. Ooh-ooh aah-ahh. Ooh-ooh
aah-aah. Ooh-ooh aah-ahh. Ooh-ooh aah-ahh.
Ooh-ooh aah-ahh. Ooh-ooh aah-ahh. Ooh-ooh
aah-ahh. Ooh-ooh aah-ahh. Ooh-ooh aah-ahh.
Ooh-ooh aah-ahh. Ooh-ooh aah-ahh. Ooh-ooh
aah-ahh. Ooh-ooh aah-ahh. Ooh-ooh aah-ahh.
Ooh-ooh aah-ahh. Ooh-ooh aah-ahh. Ooh-ooh
aah-ahh. Ooh-ooh aah-ahh. Ooh-ooh aah-ahh.

Ooh-ooh aah-ahh. Ooh-ooh aah-ahh. Ooh-ooh
aah-aah. Ooh-ooh aah-ahh. Ooh-ooh aah-ahh.
Ooh-ooh aah-ahh. Ooh-ooh aah-ahh. Ooh-ooh
aah-ahh. Ooh-ooh aah-ahh. Ooh-ooh aah-ahh.
Ooh-ooh aah-ahh. Ooh-ooh aah-ahh. Ooh-ooh
aah-ahh. Ooh-ooh aah-ahh. Ooh-ooh aah-ahh.
Ooh-ooh aah-ahh. Ooh-ooh aah-ahh. Ooh-ooh
aah-ahh. Ooh-ooh aah-ahh. Ooh-ooh aah-ahh.

SECOND BOOK OF PROPHECIES

Ooh-ooh aah-ahh. Ooh-ooh aah-ahh. Ooh-ooh aah-aah. Ooh-ooh aah-ahh. Ooh-ooh aah-ahh. Ooh-ooh aah-ahh. Ooh-ooh aah-ahh. Ooh-ooh aah-ahh. Ooh-ooh aah-ahh. Ooh-ooh aah-ahh. Ooh-ooh aah-ahh. Ooh-ooh aah-ahh. Ooh-ooh aah-ahh. Ooh-ooh aah-ahh. Ooh-ooh aah-ahh. Ooh-ooh aah-ahh. Ooh-ooh aah-ahh. Ooh-ooh aah-ahh.

Ooh-ooh aah-ahh. Ooh-ooh aah-ahh. Ooh-ooh aah-aah. Ooh-ooh aah-ahh. Ooh-ooh aah-ahh. Ooh-ooh aah-ahh. Ooh-ooh aah-ahh. Ooh-ooh aah-ahh. Ooh-ooh aah-ahh. Ooh-ooh aah-ahh. Ooh-ooh aah-ahh. Ooh-ooh aah-ahh. Ooh-ooh aah-ahh. Ooh-ooh aah-ahh. Ooh-ooh aah-ahh. Ooh-ooh aah-ahh. Ooh-ooh aah-ahh. Ooh-ooh aah-ahh.

Ooh-ooh aah-ahh. Ooh-ooh aah-ahh. Ooh-ooh aah-aah. Ooh-ooh aah-ahh. Ooh-ooh aah-ahh. Ooh-ooh aah-ahh. Ooh-ooh aah-ahh. Ooh-ooh aah-ahh. Ooh-ooh aah-ahh. Ooh-ooh aah-ahh. Ooh-ooh aah-ahh. Ooh-ooh aah-ahh. Ooh-ooh aah-ahh. Ooh-ooh aah-ahh. Ooh-ooh aah-ahh. Ooh-ooh aah-ahh. Ooh-ooh aah-ahh. Ooh-ooh aah-ahh.

Ooh-ooh aah-ahh. Ooh-ooh aah-ahh. Ooh-ooh aah-aah. Ooh-ooh aah-ahh. Ooh-ooh aah-ahh. Ooh-ooh aah-ahh. Ooh-ooh aah-ahh. Ooh-ooh aah-ahh. Ooh-ooh aah-ahh. Ooh-ooh aah-ahh. Ooh-ooh aah-ahh. Ooh-ooh aah-ahh. Ooh-ooh aah-ahh. Ooh-ooh aah-ahh. Ooh-ooh aah-ahh. Ooh-ooh aah-ahh. Ooh-ooh aah-ahh. Ooh-ooh aah-ahh.

SECOND BOOK OF PROPHECIES

Ooh-ooh aah-ahh. Ooh-ooh aah-ahh. Ooh-ooh aah-ahh. Ooh-ooh aah-ahh. Ooh-ooh aah-ahh.

Ooh-ooh aah-ahh. Ooh-ooh aah-ahh. Ooh-ooh aah-aah. Ooh-ooh aah-ahh. Ooh-ooh aah-ahh. Ooh-ooh aah-ahh. Ooh-ooh aah-ahh. Ooh-ooh aah-ahh. Ooh-ooh aah-ahh. Ooh-ooh aah-ahh. Ooh-ooh aah-ahh. Ooh-ooh aah-ahh. Ooh-ooh aah-ahh. Ooh-ooh aah-ahh. Ooh-ooh aah-ahh. Ooh-ooh aah-ahh. Ooh-ooh aah-ahh.

Ooh-ooh aah-ahh. Ooh-ooh aah-ahh. Ooh-ooh aah-aah. Ooh-ooh aah-ahh. Ooh-ooh aah-ahh. Ooh-ooh aah-ahh. Ooh-ooh aah-ahh. Ooh-ooh aah-ahh. Ooh-ooh aah-ahh. Ooh-ooh aah-ahh. Ooh-ooh aah-ahh. Ooh-ooh aah-ahh. Ooh-ooh aah-ahh. Ooh-ooh aah-ahh. Ooh-ooh aah-ahh. Ooh-ooh aah-ahh. Ooh-ooh aah-ahh.

Ooh-ooh aah-ahh. Ooh-ooh aah-ahh. Ooh-ooh aah-aah. Ooh-ooh aah-ahh. Ooh-ooh aah-ahh. Ooh-ooh aah-ahh. Ooh-ooh aah-ahh. Ooh-ooh aah-ahh. Ooh-ooh aah-ahh. Ooh-ooh aah-ahh. Ooh-ooh aah-ahh. Ooh-ooh aah-ahh. Ooh-ooh aah-ahh. Ooh-ooh aah-ahh. Ooh-ooh aah-ahh. Ooh-ooh aah-ahh. Ooh-ooh aah-ahh.

Ooh-ooh aah-ahh. Ooh-ooh aah-ahh. Ooh-ooh aah-aah. Ooh-ooh aah-ahh. Ooh-ooh aah-ahh. Ooh-ooh aah-ahh. Ooh-ooh aah-ahh. Ooh-ooh

SECOND BOOK OF PROPHECIES

aah-ahh. Ooh-ooh aah-ahh. Ooh-ooh aah-ahh. Ooh-ooh aah-ahh. Ooh-ooh aah-ahh. Ooh-ooh aah-ahh. Ooh-ooh aah-ahh. Ooh-ooh aah-ahh. Ooh-ooh aah-ahh. Ooh-ooh aah-ahh. Ooh-ooh aah-ahh. Ooh-ooh aah-ahh. Ooh-ooh aah-ahh.

Ooh-ooh aah-ahh. Ooh-ooh aah-ahh. Ooh-ooh aah-aah. Ooh-ooh aah-ahh. Ooh-ooh aah-ahh. Ooh-ooh aah-ahh. Ooh-ooh aah-ahh. Ooh-ooh aah-ahh. Ooh-ooh aah-ahh. Ooh-ooh aah-ahh. Ooh-ooh aah-ahh. Ooh-ooh aah-ahh. Ooh-ooh aah-ahh. Ooh-ooh aah-ahh. Ooh-ooh aah-ahh. Ooh-ooh aah-ahh. Ooh-ooh aah-ahh.

Ooh-ooh aah-ahh. Ooh-ooh aah-ahh. Ooh-ooh aah-aah. Ooh-ooh aah-ahh. Ooh-ooh aah-ahh. Ooh-ooh aah-ahh. Ooh-ooh aah-ahh. Ooh-ooh aah-ahh. Ooh-ooh aah-ahh. Ooh-ooh aah-ahh. Ooh-ooh aah-ahh. Ooh-ooh aah-ahh. Ooh-ooh aah-ahh. Ooh-ooh aah-ahh. Ooh-ooh aah-ahh. Ooh-ooh aah-ahh. Ooh-ooh aah-ahh.

Ooh-ooh aah-ahh. Ooh-ooh aah-ahh. Ooh-ooh aah-aah. Ooh-ooh aah-ahh. Ooh-ooh aah-ahh. Ooh-ooh aah-ahh. Ooh-ooh aah-ahh. Ooh-ooh aah-ahh. Ooh-ooh aah-ahh. Ooh-ooh aah-ahh. Ooh-ooh aah-ahh. Ooh-ooh aah-ahh. Ooh-ooh aah-ahh. Ooh-ooh aah-ahh. Ooh-ooh aah-ahh. Ooh-ooh aah-ahh. Ooh-ooh aah-ahh.

SECOND BOOK OF PROPHECIES

Ooh-ooh aah-ahh. Ooh-ooh aah-ahh. Ooh-ooh aah-aah. Ooh-ooh aah-ahh. Ooh-ooh aah-ahh. Ooh-ooh aah-ahh. Ooh-ooh aah-ahh. Ooh-ooh aah-ahh. Ooh-ooh aah-ahh. Ooh-ooh aah-ahh. Ooh-ooh aah-ahh. Ooh-ooh aah-ahh. Ooh-ooh aah-ahh. Ooh-ooh aah-ahh. Ooh-ooh aah-ahh. Ooh-ooh aah-ahh. Ooh-ooh aah-ahh. Ooh-ooh aah-ahh.

Ooh-ooh aah-ahh. Ooh-ooh aah-ahh. Ooh-ooh aah-aah. Ooh-ooh aah-ahh. Ooh-ooh aah-ahh. Ooh-ooh aah-ahh. Ooh-ooh aah-ahh. Ooh-ooh aah-ahh. Ooh-ooh aah-ahh. Ooh-ooh aah-ahh. Ooh-ooh aah-ahh. Ooh-ooh aah-ahh. Ooh-ooh aah-ahh. Ooh-ooh aah-ahh. Ooh-ooh aah-ahh. Ooh-ooh aah-ahh. Ooh-ooh aah-ahh. Ooh-ooh aah-ahh.

Ooh-ooh aah-ahh. Ooh-ooh aah-ahh. Ooh-ooh aah-aah. Ooh-ooh aah-ahh. Ooh-ooh aah-ahh. Ooh-ooh aah-ahh. Ooh-ooh aah-ahh. Ooh-ooh aah-ahh. Ooh-ooh aah-ahh. Ooh-ooh aah-ahh. Ooh-ooh aah-ahh. Ooh-ooh aah-ahh. Ooh-ooh aah-ahh. Ooh-ooh aah-ahh. Ooh-ooh aah-ahh. Ooh-ooh aah-ahh. Ooh-ooh aah-ahh. Ooh-ooh aah-ahh.

Ooh-ooh aah-ahh. Ooh-ooh aah-ahh. Ooh-ooh aah-aah. Ooh-ooh aah-ahh. Ooh-ooh aah-ahh. Ooh-ooh aah-ahh. Ooh-ooh aah-ahh. Ooh-ooh aah-ahh. Ooh-ooh aah-ahh. Ooh-ooh aah-ahh. Ooh-ooh aah-ahh. Ooh-ooh aah-ahh. Ooh-ooh aah-ahh. Ooh-ooh aah-ahh. Ooh-ooh aah-ahh.

SECOND BOOK OF PROPHECIES

Ooh-ooh aah-ahh. Ooh-ooh aah-ahh. Ooh-ooh aah-ahh. Ooh-ooh aah-ahh. Ooh-ooh aah-ahh.

Ooh-ooh aah-ahh. Ooh-ooh aah-ahh. Ooh-ooh aah-aah. Ooh-ooh aah-ahh. Ooh-ooh aah-ahh. Ooh-ooh aah-ahh. Ooh-ooh aah-ahh. Ooh-ooh aah-ahh. Ooh-ooh aah-ahh. Ooh-ooh aah-ahh. Ooh-ooh aah-ahh. Ooh-ooh aah-ahh. Ooh-ooh aah-ahh. Ooh-ooh aah-ahh. Ooh-ooh aah-ahh. Ooh-ooh aah-ahh. Ooh-ooh aah-ahh.

Ooh-ooh aah-ahh. Ooh-ooh aah-ahh. Ooh-ooh aah-aah. Ooh-ooh aah-ahh. Ooh-ooh aah-ahh. Ooh-ooh aah-ahh. Ooh-ooh aah-ahh. Ooh-ooh aah-ahh. Ooh-ooh aah-ahh. Ooh-ooh aah-ahh. Ooh-ooh aah-ahh. Ooh-ooh aah-ahh. Ooh-ooh aah-ahh. Ooh-ooh aah-ahh. Ooh-ooh aah-ahh. Ooh-ooh aah-ahh. Ooh-ooh aah-ahh.

Ooh-ooh aah-ahh. Ooh-ooh aah-ahh. Ooh-ooh aah-aah. Ooh-ooh aah-ahh. Ooh-ooh aah-ahh. Ooh-ooh aah-ahh. Ooh-ooh aah-ahh. Ooh-ooh aah-ahh. Ooh-ooh aah-ahh. Ooh-ooh aah-ahh. Ooh-ooh aah-ahh. Ooh-ooh aah-ahh. Ooh-ooh aah-ahh. Ooh-ooh aah-ahh. Ooh-ooh aah-ahh. Ooh-ooh aah-ahh. Ooh-ooh aah-ahh.

Ooh-ooh aah-ahh. Ooh-ooh aah-ahh. Ooh-ooh aah-aah. Ooh-ooh aah-ahh. Ooh-ooh aah-ahh. Ooh-ooh aah-ahh. Ooh-ooh aah-ahh. Ooh-ooh

SECOND BOOK OF PROPHECIES

aah-ahh. Ooh-ooh aah-ahh. Ooh-ooh aah-ahh. Ooh-ooh aah-ahh. Ooh-ooh aah-ahh. Ooh-ooh aah-ahh. Ooh-ooh aah-ahh. Ooh-ooh aah-ahh. Ooh-ooh aah-ahh. Ooh-ooh aah-ahh. Ooh-ooh aah-ahh. Ooh-ooh aah-ahh.

Ooh-ooh aah-ahh. Ooh-ooh aah-ahh. Ooh-ooh aah-aah. Ooh-ooh aah-ahh. Ooh-ooh aah-ahh. Ooh-ooh aah-ahh. Ooh-ooh aah-ahh. Ooh-ooh aah-ahh. Ooh-ooh aah-ahh. Ooh-ooh aah-ahh. Ooh-ooh aah-ahh. Ooh-ooh aah-ahh. Ooh-ooh aah-ahh. Ooh-ooh aah-ahh. Ooh-ooh aah-ahh. Ooh-ooh aah-ahh. Ooh-ooh aah-ahh.

Ooh-ooh aah-ahh. Ooh-ooh aah-ahh. Ooh-ooh aah-aah. Ooh-ooh aah-ahh. Ooh-ooh aah-ahh. Ooh-ooh aah-ahh. Ooh-ooh aah-ahh. Ooh-ooh aah-ahh. Ooh-ooh aah-ahh. Ooh-ooh aah-ahh. Ooh-ooh aah-ahh. Ooh-ooh aah-ahh. Ooh-ooh aah-ahh. Ooh-ooh aah-ahh. Ooh-ooh aah-ahh. Ooh-ooh aah-ahh. Ooh-ooh aah-ahh.

Ooh-ooh aah-ahh. Ooh-ooh aah-ahh. Ooh-ooh aah-aah. Ooh-ooh aah-ahh. Ooh-ooh aah-ahh. Ooh-ooh aah-ahh. Ooh-ooh aah-ahh. Ooh-ooh aah-ahh. Ooh-ooh aah-ahh. Ooh-ooh aah-ahh. Ooh-ooh aah-ahh. Ooh-ooh aah-ahh. Ooh-ooh aah-ahh. Ooh-ooh aah-ahh. Ooh-ooh aah-ahh. Ooh-ooh aah-ahh. Ooh-ooh aah-ahh.

SECOND BOOK OF PROPHECIES

Ooh-ooh aah-ahh. Ooh-ooh aah-ahh. Ooh-ooh aah-aah. Ooh-ooh aah-ahh. Ooh-ooh aah-ahh. Ooh-ooh aah-ahh. Ooh-ooh aah-ahh. Ooh-ooh aah-ahh. Ooh-ooh aah-ahh. Ooh-ooh aah-ahh. Ooh-ooh aah-ahh. Ooh-ooh aah-ahh. Ooh-ooh aah-ahh. Ooh-ooh aah-ahh. Ooh-ooh aah-ahh. Ooh-ooh aah-ahh. Ooh-ooh aah-ahh. Ooh-ooh aah-ahh.

Ooh-ooh aah-ahh. Ooh-ooh aah-ahh. Ooh-ooh aah-aah. Ooh-ooh aah-ahh. Ooh-ooh aah-ahh. Ooh-ooh aah-ahh. Ooh-ooh aah-ahh. Ooh-ooh aah-ahh. Ooh-ooh aah-ahh. Ooh-ooh aah-ahh. Ooh-ooh aah-ahh. Ooh-ooh aah-ahh. Ooh-ooh aah-ahh. Ooh-ooh aah-ahh. Ooh-ooh aah-ahh. Ooh-ooh aah-ahh. Ooh-ooh aah-ahh. Ooh-ooh aah-ahh.

Ooh-ooh aah-ahh. Ooh-ooh aah-ahh. Ooh-ooh aah-aah. Ooh-ooh aah-ahh. Ooh-ooh aah-ahh. Ooh-ooh aah-ahh. Ooh-ooh aah-ahh. Ooh-ooh aah-ahh. Ooh-ooh aah-ahh. Ooh-ooh aah-ahh. Ooh-ooh aah-ahh. Ooh-ooh aah-ahh. Ooh-ooh aah-ahh. Ooh-ooh aah-ahh. Ooh-ooh aah-ahh. Ooh-ooh aah-ahh. Ooh-ooh aah-ahh. Ooh-ooh aah-ahh.

Ooh-ooh aah-ahh. Ooh-ooh aah-ahh. Ooh-ooh aah-aah. Ooh-ooh aah-ahh. Ooh-ooh aah-ahh. Ooh-ooh aah-ahh. Ooh-ooh aah-ahh. Ooh-ooh aah-ahh. Ooh-ooh aah-ahh. Ooh-ooh aah-ahh. Ooh-ooh aah-ahh. Ooh-ooh aah-ahh. Ooh-ooh aah-ahh. Ooh-ooh aah-ahh. Ooh-ooh aah-ahh.

Ooh-ooh aah-ahh. Ooh-ooh aah-ahh. Ooh-ooh aah-ahh. Ooh-ooh aah-ahh. Ooh-ooh aah-ahh.

Ooh-ooh aah-ahh. Ooh-ooh aah-ahh. Ooh-ooh aah-aah. Ooh-ooh aah-ahh. Ooh-ooh aah-ahh. Ooh-ooh aah-ahh. Ooh-ooh aah-ahh. Ooh-ooh aah-ahh. Ooh-ooh aah-ahh. Ooh-ooh aah-ahh. Ooh-ooh aah-ahh. Ooh-ooh aah-ahh. Ooh-ooh aah-ahh. Ooh-ooh aah-ahh. Ooh-ooh aah-ahh. Ooh-ooh aah-ahh.

Ooh-ooh aah-ahh. Ooh-ooh aah-ahh. Ooh-ooh aah-aah. Ooh-ooh aah-ahh. Ooh-ooh aah-ahh. Ooh-ooh aah-ahh. Ooh-ooh aah-ahh. Ooh-ooh aah-ahh. Ooh-ooh aah-ahh. Ooh-ooh aah-ahh. Ooh-ooh aah-ahh. Ooh-ooh aah-ahh. Ooh-ooh aah-ahh. Ooh-ooh aah-ahh. Ooh-ooh aah-ahh. Ooh-ooh aah-ahh.

Ooh-ooh aah-ahh. Ooh-ooh aah-ahh. Ooh-ooh aah-aah. Ooh-ooh aah-ahh. Ooh-ooh aah-ahh. Ooh-ooh aah-ahh. Ooh-ooh aah-ahh. Ooh-ooh aah-ahh. Ooh-ooh aah-ahh. Ooh-ooh aah-ahh. Ooh-ooh aah-ahh. Ooh-ooh aah-ahh. Ooh-ooh aah-ahh. Ooh-ooh aah-ahh. Ooh-ooh aah-ahh. Ooh-ooh aah-ahh.

Ooh-ooh aah-ahh. Ooh-ooh aah-ahh. Ooh-ooh aah-aah. Ooh-ooh aah-ahh. Ooh-ooh aah-ahh. Ooh-ooh aah-ahh. Ooh-ooh aah-ahh. Ooh-ooh

SECOND BOOK OF PROPHECIES

aah-ahh. Ooh-ooh aah-ahh. Ooh-ooh aah-ahh. Ooh-ooh aah-ahh. Ooh-ooh aah-ahh. Ooh-ooh aah-ahh. Ooh-ooh aah-ahh. Ooh-ooh aah-ahh. Ooh-ooh aah-ahh. Ooh-ooh aah-ahh. Ooh-ooh aah-ahh. Ooh-ooh aah-ahh.

Ooh-ooh aah-ahh. Ooh-ooh aah-ahh. Ooh-ooh aah-aah. Ooh-ooh aah-ahh. Ooh-ooh aah-ahh. Ooh-ooh aah-ahh. Ooh-ooh aah-ahh. Ooh-ooh aah-ahh. Ooh-ooh aah-ahh. Ooh-ooh aah-ahh. Ooh-ooh aah-ahh. Ooh-ooh aah-ahh. Ooh-ooh aah-ahh. Ooh-ooh aah-ahh. Ooh-ooh aah-ahh. Ooh-ooh aah-ahh. Ooh-ooh aah-ahh. Ooh-ooh aah-ahh.

Ooh-ooh aah-ahh. Ooh-ooh aah-ahh. Ooh-ooh aah-aah. Ooh-ooh aah-ahh. Ooh-ooh aah-ahh. Ooh-ooh aah-ahh. Ooh-ooh aah-ahh. Ooh-ooh aah-ahh. Ooh-ooh aah-ahh. Ooh-ooh aah-ahh. Ooh-ooh aah-ahh. Ooh-ooh aah-ahh. Ooh-ooh aah-ahh. Ooh-ooh aah-ahh. Ooh-ooh aah-ahh. Ooh-ooh aah-ahh. Ooh-ooh aah-ahh. Ooh-ooh aah-ahh.

Ooh-ooh aah-ahh. Ooh-ooh aah-ahh. Ooh-ooh aah-aah. Ooh-ooh aah-ahh. Ooh-ooh aah-ahh. Ooh-ooh aah-ahh. Ooh-ooh aah-ahh. Ooh-ooh aah-ahh. Ooh-ooh aah-ahh. Ooh-ooh aah-ahh. Ooh-ooh aah-ahh. Ooh-ooh aah-ahh. Ooh-ooh aah-ahh. Ooh-ooh aah-ahh. Ooh-ooh aah-ahh. Ooh-ooh aah-ahh. Ooh-ooh aah-ahh. Ooh-ooh aah-ahh.

SECOND BOOK OF PROPHECIES

Ooh-ooh aah-ahh. Ooh-ooh aah-ahh. Ooh-ooh aah-aah. Ooh-ooh aah-ahh. Ooh-ooh aah-ahh. Ooh-ooh aah-ahh. Ooh-ooh aah-ahh. Ooh-ooh aah-ahh. Ooh-ooh aah-ahh. Ooh-ooh aah-ahh. Ooh-ooh aah-ahh. Ooh-ooh aah-ahh. Ooh-ooh aah-ahh. Ooh-ooh aah-ahh. Ooh-ooh aah-ahh. Ooh-ooh aah-ahh. Ooh-ooh aah-ahh. Ooh-ooh aah-ahh.

Ooh-ooh aah-ahh. Ooh-ooh aah-ahh. Ooh-ooh aah-aah. Ooh-ooh aah-ahh. Ooh-ooh aah-ahh. Ooh-ooh aah-ahh. Ooh-ooh aah-ahh. Ooh-ooh aah-ahh. Ooh-ooh aah-ahh. Ooh-ooh aah-ahh. Ooh-ooh aah-ahh. Ooh-ooh aah-ahh. Ooh-ooh aah-ahh. Ooh-ooh aah-ahh. Ooh-ooh aah-ahh. Ooh-ooh aah-ahh. Ooh-ooh aah-ahh. Ooh-ooh aah-ahh.

Ooh-ooh aah-ahh. Ooh-ooh aah-ahh. Ooh-ooh aah-aah. Ooh-ooh aah-ahh. Ooh-ooh aah-ahh. Ooh-ooh aah-ahh. Ooh-ooh aah-ahh. Ooh-ooh aah-ahh. Ooh-ooh aah-ahh. Ooh-ooh aah-ahh. Ooh-ooh aah-ahh. Ooh-ooh aah-ahh. Ooh-ooh aah-ahh. Ooh-ooh aah-ahh. Ooh-ooh aah-ahh. Ooh-ooh aah-ahh. Ooh-ooh aah-ahh. Ooh-ooh aah-ahh.

Ooh-ooh aah-ahh. Ooh-ooh aah-ahh. Ooh-ooh aah-aah. Ooh-ooh aah-ahh. Ooh-ooh aah-ahh. Ooh-ooh aah-ahh. Ooh-ooh aah-ahh. Ooh-ooh aah-ahh. Ooh-ooh aah-ahh. Ooh-ooh aah-ahh. Ooh-ooh aah-ahh. Ooh-ooh aah-ahh. Ooh-ooh aah-ahh. Ooh-ooh aah-ahh. Ooh-ooh aah-ahh. Ooh-ooh aah-ahh. Ooh-ooh aah-ahh. Ooh-ooh aah-ahh.

SECOND BOOK OF PROPHECIES

Ooh-ooh aah-ahh. Ooh-ooh aah-ahh. Ooh-ooh aah-ahh. Ooh-ooh aah-ahh. Ooh-ooh aah-ahh.

Ooh-ooh aah-ahh. Ooh-ooh aah-ahh. Ooh-ooh aah-aah. Ooh-ooh aah-ahh. Ooh-ooh aah-ahh. Ooh-ooh aah-ahh. Ooh-ooh aah-ahh. Ooh-ooh aah-ahh. Ooh-ooh aah-ahh. Ooh-ooh aah-ahh. Ooh-ooh aah-ahh. Ooh-ooh aah-ahh. Ooh-ooh aah-ahh. Ooh-ooh aah-ahh. Ooh-ooh aah-ahh. Ooh-ooh aah-ahh. Ooh-ooh aah-ahh.

Ooh-ooh aah-ahh. Ooh-ooh aah-ahh. Ooh-ooh aah-aah. Ooh-ooh aah-ahh. Ooh-ooh aah-ahh. Ooh-ooh aah-ahh. Ooh-ooh aah-ahh. Ooh-ooh aah-ahh. Ooh-ooh aah-ahh. Ooh-ooh aah-ahh. Ooh-ooh aah-ahh. Ooh-ooh aah-ahh. Ooh-ooh aah-ahh. Ooh-ooh aah-ahh. Ooh-ooh aah-ahh. Ooh-ooh aah-ahh. Ooh-ooh aah-ahh.

Ooh-ooh aah-ahh. Ooh-ooh aah-ahh. Ooh-ooh aah-aah. Ooh-ooh aah-ahh. Ooh-ooh aah-ahh. Ooh-ooh aah-ahh. Ooh-ooh aah-ahh. Ooh-ooh aah-ahh. Ooh-ooh aah-ahh. Ooh-ooh aah-ahh. Ooh-ooh aah-ahh. Ooh-ooh aah-ahh. Ooh-ooh aah-ahh. Ooh-ooh aah-ahh. Ooh-ooh aah-ahh. Ooh-ooh aah-ahh. Ooh-ooh aah-ahh.

Ooh-ooh aah-ahh. Ooh-ooh aah-ahh. Ooh-ooh aah-aah. Ooh-ooh aah-ahh. Ooh-ooh aah-ahh. Ooh-ooh aah-ahh. Ooh-ooh aah-ahh. Ooh-ooh

aah-ahh. Ooh-ooh aah-ahh. Ooh-ooh aah-ahh. Ooh-ooh aah-ahh. Ooh-ooh aah-ahh. Ooh-ooh aah-ahh. Ooh-ooh aah-ahh. Ooh-ooh aah-ahh. Ooh-ooh aah-ahh. Ooh-ooh aah-ahh. Ooh-ooh aah-ahh. Ooh-ooh aah-ahh. Ooh-ooh aah-ahh.

THIRD BOOK OF PROPHECIES

Ooh-ooh aah-ahh. Ooh-ooh aah-ahh. Ooh-ooh aah-aah. Ooh-ooh aah-ahh. Ooh-ooh aah-ahh. Ooh-ooh aah-ahh. Ooh-ooh aah-ahh. Ooh-ooh aah-ahh. Ooh-ooh aah-ahh. Ooh-ooh aah-ahh. Ooh-ooh aah-ahh. Ooh-ooh aah-ahh. Ooh-ooh aah-ahh. Ooh-ooh aah-ahh. Ooh-ooh aah-ahh. Ooh-ooh aah-ahh.

Ooh-ooh aah-ahh. Ooh-ooh aah-ahh. Ooh-ooh aah-aah. Ooh-ooh aah-ahh. Ooh-ooh aah-ahh. Ooh-ooh aah-ahh. Ooh-ooh aah-ahh. Ooh-ooh aah-ahh. Ooh-ooh aah-ahh. Ooh-ooh aah-ahh. Ooh-ooh aah-ahh. Ooh-ooh aah-ahh. Ooh-ooh aah-ahh. Ooh-ooh aah-ahh. Ooh-ooh aah-ahh. Ooh-ooh aah-ahh. Ooh-ooh aah-ahh.

Ooh-ooh aah-ahh. Ooh-ooh aah-ahh. Ooh-ooh aah-aah. Ooh-ooh aah-ahh. Ooh-ooh aah-ahh. Ooh-ooh aah-ahh. Ooh-ooh aah-ahh. Ooh-ooh aah-ahh. Ooh-ooh aah-ahh. Ooh-ooh aah-ahh. Ooh-ooh aah-ahh. Ooh-ooh aah-ahh. Ooh-ooh aah-ahh. Ooh-ooh aah-ahh. Ooh-ooh aah-ahh. Ooh-ooh aah-ahh. Ooh-ooh aah-ahh. Ooh-ooh aah-ahh.

Ooh-ooh aah-ahh. Ooh-ooh aah-ahh. Ooh-ooh aah-aah. Ooh-ooh aah-ahh. Ooh-ooh aah-ahh. Ooh-ooh aah-ahh. Ooh-ooh aah-ahh. Ooh-ooh aah-ahh. Ooh-ooh aah-ahh. Ooh-ooh aah-ahh. Ooh-ooh aah-ahh. Ooh-ooh aah-ahh. Ooh-ooh aah-ahh. Ooh-ooh aah-ahh. Ooh-ooh aah-ahh. Ooh-ooh aah-ahh. Ooh-ooh aah-ahh. Ooh-ooh aah-ahh.

Ooh-ooh aah-ahh. Ooh-ooh aah-ahh. Ooh-ooh aah-aah. Ooh-ooh aah-ahh. Ooh-ooh aah-ahh. Ooh-ooh aah-ahh. Ooh-ooh aah-ahh. Ooh-ooh aah-ahh. Ooh-ooh aah-ahh. Ooh-ooh aah-ahh. Ooh-ooh aah-ahh. Ooh-ooh aah-ahh. Ooh-ooh aah-ahh. Ooh-ooh aah-ahh. Ooh-ooh aah-ahh. Ooh-ooh aah-ahh. Ooh-ooh aah-ahh. Ooh-ooh aah-ahh.

Ooh-ooh aah-ahh. Ooh-ooh aah-ahh. Ooh-ooh aah-aah. Ooh-ooh aah-ahh. Ooh-ooh aah-ahh. Ooh-ooh aah-ahh. Ooh-ooh aah-ahh. Ooh-ooh aah-ahh. Ooh-ooh aah-ahh. Ooh-ooh aah-ahh. Ooh-ooh aah-ahh. Ooh-ooh aah-ahh. Ooh-ooh aah-ahh. Ooh-ooh aah-ahh. Ooh-ooh aah-ahh. Ooh-ooh aah-ahh.

THIRD BOOK OF PROPHECIES

Ooh-ooh aah-ahh. Ooh-ooh aah-ahh. Ooh-ooh aah-ahh. Ooh-ooh aah-ahh. Ooh-ooh aah-ahh.

Ooh-ooh aah-ahh. Ooh-ooh aah-ahh. Ooh-ooh aah-aah. Ooh-ooh aah-ahh. Ooh-ooh aah-ahh. Ooh-ooh aah-ahh. Ooh-ooh aah-ahh. Ooh-ooh aah-ahh. Ooh-ooh aah-ahh. Ooh-ooh aah-ahh. Ooh-ooh aah-ahh. Ooh-ooh aah-ahh. Ooh-ooh aah-ahh. Ooh-ooh aah-ahh. Ooh-ooh aah-ahh. Ooh-ooh aah-ahh. Ooh-ooh aah-ahh.

Ooh-ooh aah-ahh. Ooh-ooh aah-ahh. Ooh-ooh aah-aah. Ooh-ooh aah-ahh. Ooh-ooh aah-ahh. Ooh-ooh aah-ahh. Ooh-ooh aah-ahh. Ooh-ooh aah-ahh. Ooh-ooh aah-ahh. Ooh-ooh aah-ahh. Ooh-ooh aah-ahh. Ooh-ooh aah-ahh. Ooh-ooh aah-ahh. Ooh-ooh aah-ahh. Ooh-ooh aah-ahh. Ooh-ooh aah-ahh. Ooh-ooh aah-ahh.

Ooh-ooh aah-ahh. Ooh-ooh aah-ahh. Ooh-ooh aah-aah. Ooh-ooh aah-ahh. Ooh-ooh aah-ahh. Ooh-ooh aah-ahh. Ooh-ooh aah-ahh. Ooh-ooh aah-ahh. Ooh-ooh aah-ahh. Ooh-ooh aah-ahh. Ooh-ooh aah-ahh. Ooh-ooh aah-ahh. Ooh-ooh aah-ahh. Ooh-ooh aah-ahh. Ooh-ooh aah-ahh. Ooh-ooh aah-ahh. Ooh-ooh aah-ahh.

Ooh-ooh aah-ahh. Ooh-ooh aah-ahh. Ooh-ooh aah-aah. Ooh-ooh aah-ahh. Ooh-ooh aah-ahh. Ooh-ooh aah-ahh. Ooh-ooh aah-ahh. Ooh-ooh

THIRD BOOK OF PROPHECIES

aah-ahh. Ooh-ooh aah-ahh. Ooh-ooh aah-ahh. Ooh-ooh aah-ahh. Ooh-ooh aah-ahh. Ooh-ooh aah-ahh. Ooh-ooh aah-ahh. Ooh-ooh aah-ahh. Ooh-ooh aah-ahh. Ooh-ooh aah-ahh. Ooh-ooh aah-ahh. Ooh-ooh aah-ahh.

Ooh-ooh aah-ahh. Ooh-ooh aah-ahh. Ooh-ooh aah-aah. Ooh-ooh aah-ahh. Ooh-ooh aah-ahh. Ooh-ooh aah-ahh. Ooh-ooh aah-ahh. Ooh-ooh aah-ahh. Ooh-ooh aah-ahh. Ooh-ooh aah-ahh. Ooh-ooh aah-ahh. Ooh-ooh aah-ahh. Ooh-ooh aah-ahh. Ooh-ooh aah-ahh. Ooh-ooh aah-ahh. Ooh-ooh aah-ahh. Ooh-ooh aah-ahh.

Ooh-ooh aah-ahh. Ooh-ooh aah-ahh. Ooh-ooh aah-aah. Ooh-ooh aah-ahh. Ooh-ooh aah-ahh. Ooh-ooh aah-ahh. Ooh-ooh aah-ahh. Ooh-ooh aah-ahh. Ooh-ooh aah-ahh. Ooh-ooh aah-ahh. Ooh-ooh aah-ahh. Ooh-ooh aah-ahh. Ooh-ooh aah-ahh. Ooh-ooh aah-ahh. Ooh-ooh aah-ahh. Ooh-ooh aah-ahh. Ooh-ooh aah-ahh.

Ooh-ooh aah-ahh. Ooh-ooh aah-ahh. Ooh-ooh aah-aah. Ooh-ooh aah-ahh. Ooh-ooh aah-ahh. Ooh-ooh aah-ahh. Ooh-ooh aah-ahh. Ooh-ooh aah-ahh. Ooh-ooh aah-ahh. Ooh-ooh aah-ahh. Ooh-ooh aah-ahh. Ooh-ooh aah-ahh. Ooh-ooh aah-ahh. Ooh-ooh aah-ahh. Ooh-ooh aah-ahh. Ooh-ooh aah-ahh. Ooh-ooh aah-ahh.

THIRD BOOK OF PROPHECIES

Ooh-ooh aah-ahh. Ooh-ooh aah-ahh. Ooh-ooh aah-aah. Ooh-ooh aah-ahh. Ooh-ooh aah-ahh. Ooh-ooh aah-ahh. Ooh-ooh aah-ahh. Ooh-ooh aah-ahh. Ooh-ooh aah-ahh. Ooh-ooh aah-ahh. Ooh-ooh aah-ahh. Ooh-ooh aah-ahh. Ooh-ooh aah-ahh. Ooh-ooh aah-ahh. Ooh-ooh aah-ahh. Ooh-ooh aah-ahh. Ooh-ooh aah-ahh. Ooh-ooh aah-ahh.

Ooh-ooh aah-ahh. Ooh-ooh aah-ahh. Ooh-ooh aah-aah. Ooh-ooh aah-ahh. Ooh-ooh aah-ahh. Ooh-ooh aah-ahh. Ooh-ooh aah-ahh. Ooh-ooh aah-ahh. Ooh-ooh aah-ahh. Ooh-ooh aah-ahh. Ooh-ooh aah-ahh. Ooh-ooh aah-ahh. Ooh-ooh aah-ahh. Ooh-ooh aah-ahh. Ooh-ooh aah-ahh. Ooh-ooh aah-ahh. Ooh-ooh aah-ahh. Ooh-ooh aah-ahh.

Ooh-ooh aah-ahh. Ooh-ooh aah-ahh. Ooh-ooh aah-aah. Ooh-ooh aah-ahh. Ooh-ooh aah-ahh. Ooh-ooh aah-ahh. Ooh-ooh aah-ahh. Ooh-ooh aah-ahh. Ooh-ooh aah-ahh. Ooh-ooh aah-ahh. Ooh-ooh aah-ahh. Ooh-ooh aah-ahh. Ooh-ooh aah-ahh. Ooh-ooh aah-ahh. Ooh-ooh aah-ahh. Ooh-ooh aah-ahh. Ooh-ooh aah-ahh. Ooh-ooh aah-ahh.

Ooh-ooh aah-ahh. Ooh-ooh aah-ahh. Ooh-ooh aah-aah. Ooh-ooh aah-ahh. Ooh-ooh aah-ahh. Ooh-ooh aah-ahh. Ooh-ooh aah-ahh. Ooh-ooh aah-ahh. Ooh-ooh aah-ahh. Ooh-ooh aah-ahh. Ooh-ooh aah-ahh. Ooh-ooh aah-ahh. Ooh-ooh aah-ahh. Ooh-ooh aah-ahh. Ooh-ooh aah-ahh.

THIRD BOOK OF PROPHECIES

Ooh-ooh aah-ahh. Ooh-ooh aah-ahh. Ooh-ooh aah-ahh. Ooh-ooh aah-ahh. Ooh-ooh aah-ahh.

Ooh-ooh aah-ahh. Ooh-ooh aah-ahh. Ooh-ooh aah-aah. Ooh-ooh aah-ahh. Ooh-ooh aah-ahh. Ooh-ooh aah-ahh. Ooh-ooh aah-ahh. Ooh-ooh aah-ahh. Ooh-ooh aah-ahh. Ooh-ooh aah-ahh. Ooh-ooh aah-ahh. Ooh-ooh aah-ahh. Ooh-ooh aah-ahh. Ooh-ooh aah-ahh. Ooh-ooh aah-ahh. Ooh-ooh aah-ahh. Ooh-ooh aah-ahh. Ooh-ooh aah-ahh.

Ooh-ooh aah-ahh. Ooh-ooh aah-ahh. Ooh-ooh aah-aah. Ooh-ooh aah-ahh. Ooh-ooh aah-ahh. Ooh-ooh aah-ahh. Ooh-ooh aah-ahh. Ooh-ooh aah-ahh. Ooh-ooh aah-ahh. Ooh-ooh aah-ahh. Ooh-ooh aah-ahh. Ooh-ooh aah-ahh. Ooh-ooh aah-ahh. Ooh-ooh aah-ahh. Ooh-ooh aah-ahh. Ooh-ooh aah-ahh. Ooh-ooh aah-ahh. Ooh-ooh aah-ahh.

Ooh-ooh aah-ahh. Ooh-ooh aah-ahh. Ooh-ooh aah-aah. Ooh-ooh aah-ahh. Ooh-ooh aah-ahh. Ooh-ooh aah-ahh. Ooh-ooh aah-ahh. Ooh-ooh aah-ahh. Ooh-ooh aah-ahh. Ooh-ooh aah-ahh. Ooh-ooh aah-ahh. Ooh-ooh aah-ahh. Ooh-ooh aah-ahh. Ooh-ooh aah-ahh. Ooh-ooh aah-ahh. Ooh-ooh aah-ahh. Ooh-ooh aah-ahh. Ooh-ooh aah-ahh.

Ooh-ooh aah-ahh. Ooh-ooh aah-ahh. Ooh-ooh aah-aah. Ooh-ooh aah-ahh. Ooh-ooh aah-ahh. Ooh-ooh aah-ahh. Ooh-ooh aah-ahh. Ooh-ooh

THIRD BOOK OF PROPHECIES

aah-ahh. Ooh-ooh aah-ahh. Ooh-ooh aah-ahh. Ooh-ooh aah-ahh. Ooh-ooh aah-ahh. Ooh-ooh aah-ahh. Ooh-ooh aah-ahh. Ooh-ooh aah-ahh. Ooh-ooh aah-ahh. Ooh-ooh aah-ahh. Ooh-ooh aah-ahh. Ooh-ooh aah-ahh.

Ooh-ooh aah-ahh. Ooh-ooh aah-ahh. Ooh-ooh aah-aah. Ooh-ooh aah-ahh. Ooh-ooh aah-ahh. Ooh-ooh aah-ahh. Ooh-ooh aah-ahh. Ooh-ooh aah-ahh. Ooh-ooh aah-ahh. Ooh-ooh aah-ahh. Ooh-ooh aah-ahh. Ooh-ooh aah-ahh. Ooh-ooh aah-ahh. Ooh-ooh aah-ahh. Ooh-ooh aah-ahh. Ooh-ooh aah-ahh. Ooh-ooh aah-ahh.

Ooh-ooh aah-ahh. Ooh-ooh aah-ahh. Ooh-ooh aah-aah. Ooh-ooh aah-ahh. Ooh-ooh aah-ahh. Ooh-ooh aah-ahh. Ooh-ooh aah-ahh. Ooh-ooh aah-ahh. Ooh-ooh aah-ahh. Ooh-ooh aah-ahh. Ooh-ooh aah-ahh. Ooh-ooh aah-ahh. Ooh-ooh aah-ahh. Ooh-ooh aah-ahh. Ooh-ooh aah-ahh. Ooh-ooh aah-ahh. Ooh-ooh aah-ahh.

Ooh-ooh aah-ahh. Ooh-ooh aah-ahh. Ooh-ooh aah-aah. Ooh-ooh aah-ahh. Ooh-ooh aah-ahh. Ooh-ooh aah-ahh. Ooh-ooh aah-ahh. Ooh-ooh aah-ahh. Ooh-ooh aah-ahh. Ooh-ooh aah-ahh. Ooh-ooh aah-ahh. Ooh-ooh aah-ahh. Ooh-ooh aah-ahh. Ooh-ooh aah-ahh. Ooh-ooh aah-ahh. Ooh-ooh aah-ahh. Ooh-ooh aah-ahh.

THIRD BOOK OF PROPHECIES

Ooh-ooh aah-ahh. Ooh-ooh aah-ahh. Ooh-ooh aah-aah. Ooh-ooh aah-ahh. Ooh-ooh aah-ahh. Ooh-ooh aah-ahh. Ooh-ooh aah-ahh. Ooh-ooh aah-ahh. Ooh-ooh aah-ahh. Ooh-ooh aah-ahh. Ooh-ooh aah-ahh. Ooh-ooh aah-ahh. Ooh-ooh aah-ahh. Ooh-ooh aah-ahh. Ooh-ooh aah-ahh. Ooh-ooh aah-ahh. Ooh-ooh aah-ahh. Ooh-ooh aah-ahh.

Ooh-ooh aah-ahh. Ooh-ooh aah-ahh. Ooh-ooh aah-aah. Ooh-ooh aah-ahh. Ooh-ooh aah-ahh. Ooh-ooh aah-ahh. Ooh-ooh aah-ahh. Ooh-ooh aah-ahh. Ooh-ooh aah-ahh. Ooh-ooh aah-ahh. Ooh-ooh aah-ahh. Ooh-ooh aah-ahh. Ooh-ooh aah-ahh. Ooh-ooh aah-ahh. Ooh-ooh aah-ahh. Ooh-ooh aah-ahh. Ooh-ooh aah-ahh. Ooh-ooh aah-ahh.

Ooh-ooh aah-ahh. Ooh-ooh aah-ahh. Ooh-ooh aah-aah. Ooh-ooh aah-ahh. Ooh-ooh aah-ahh. Ooh-ooh aah-ahh. Ooh-ooh aah-ahh. Ooh-ooh aah-ahh. Ooh-ooh aah-ahh. Ooh-ooh aah-ahh. Ooh-ooh aah-ahh. Ooh-ooh aah-ahh. Ooh-ooh aah-ahh. Ooh-ooh aah-ahh. Ooh-ooh aah-ahh. Ooh-ooh aah-ahh. Ooh-ooh aah-ahh. Ooh-ooh aah-ahh.

Ooh-ooh aah-ahh. Ooh-ooh aah-ahh. Ooh-ooh aah-aah. Ooh-ooh aah-ahh. Ooh-ooh aah-ahh. Ooh-ooh aah-ahh. Ooh-ooh aah-ahh. Ooh-ooh aah-ahh. Ooh-ooh aah-ahh. Ooh-ooh aah-ahh. Ooh-ooh aah-ahh. Ooh-ooh aah-ahh. Ooh-ooh aah-ahh. Ooh-ooh aah-ahh. Ooh-ooh aah-ahh.

THIRD BOOK OF PROPHECIES

Ooh-ooh aah-ahh. Ooh-ooh aah-ahh. Ooh-ooh aah-ahh. Ooh-ooh aah-ahh. Ooh-ooh aah-ahh.

Ooh-ooh aah-ahh. Ooh-ooh aah-ahh. Ooh-ooh aah-aah. Ooh-ooh aah-ahh. Ooh-ooh aah-ahh. Ooh-ooh aah-ahh. Ooh-ooh aah-ahh. Ooh-ooh aah-ahh. Ooh-ooh aah-ahh. Ooh-ooh aah-ahh. Ooh-ooh aah-ahh. Ooh-ooh aah-ahh. Ooh-ooh aah-ahh. Ooh-ooh aah-ahh. Ooh-ooh aah-ahh. Ooh-ooh aah-ahh. Ooh-ooh aah-ahh. Ooh-ooh aah-ahh.

Ooh-ooh aah-ahh. Ooh-ooh aah-ahh. Ooh-ooh aah-aah. Ooh-ooh aah-ahh. Ooh-ooh aah-ahh. Ooh-ooh aah-ahh. Ooh-ooh aah-ahh. Ooh-ooh aah-ahh. Ooh-ooh aah-ahh. Ooh-ooh aah-ahh. Ooh-ooh aah-ahh. Ooh-ooh aah-ahh. Ooh-ooh aah-ahh. Ooh-ooh aah-ahh. Ooh-ooh aah-ahh. Ooh-ooh aah-ahh. Ooh-ooh aah-ahh. Ooh-ooh aah-ahh.

Ooh-ooh aah-ahh. Ooh-ooh aah-ahh. Ooh-ooh aah-aah. Ooh-ooh aah-ahh. Ooh-ooh aah-ahh. Ooh-ooh aah-ahh. Ooh-ooh aah-ahh. Ooh-ooh aah-ahh. Ooh-ooh aah-ahh. Ooh-ooh aah-ahh. Ooh-ooh aah-ahh. Ooh-ooh aah-ahh. Ooh-ooh aah-ahh. Ooh-ooh aah-ahh. Ooh-ooh aah-ahh. Ooh-ooh aah-ahh. Ooh-ooh aah-ahh. Ooh-ooh aah-ahh.

Ooh-ooh aah-ahh. Ooh-ooh aah-ahh. Ooh-ooh aah-aah. Ooh-ooh aah-ahh. Ooh-ooh aah-ahh. Ooh-ooh aah-ahh. Ooh-ooh aah-ahh. Ooh-ooh

THIRD BOOK OF PROPHECIES

aah-ahh. Ooh-ooh aah-ahh. Ooh-ooh aah-ahh. Ooh-ooh aah-ahh. Ooh-ooh aah-ahh. Ooh-ooh aah-ahh. Ooh-ooh aah-ahh. Ooh-ooh aah-ahh. Ooh-ooh aah-ahh. Ooh-ooh aah-ahh. Ooh-ooh aah-ahh. Ooh-ooh aah-ahh.

Ooh-ooh aah-ahh. Ooh-ooh aah-ahh. Ooh-ooh aah-aah. Ooh-ooh aah-ahh. Ooh-ooh aah-ahh. Ooh-ooh aah-ahh. Ooh-ooh aah-ahh. Ooh-ooh aah-ahh. Ooh-ooh aah-ahh. Ooh-ooh aah-ahh. Ooh-ooh aah-ahh. Ooh-ooh aah-ahh. Ooh-ooh aah-ahh. Ooh-ooh aah-ahh. Ooh-ooh aah-ahh. Ooh-ooh aah-ahh.

Ooh-ooh aah-ahh. Ooh-ooh aah-ahh. Ooh-ooh aah-aah. Ooh-ooh aah-ahh. Ooh-ooh aah-ahh. Ooh-ooh aah-ahh. Ooh-ooh aah-ahh. Ooh-ooh aah-ahh. Ooh-ooh aah-ahh. Ooh-ooh aah-ahh. Ooh-ooh aah-ahh. Ooh-ooh aah-ahh. Ooh-ooh aah-ahh. Ooh-ooh aah-ahh. Ooh-ooh aah-ahh. Ooh-ooh aah-ahh.

Ooh-ooh aah-ahh. Ooh-ooh aah-ahh. Ooh-ooh aah-aah. Ooh-ooh aah-ahh. Ooh-ooh aah-ahh. Ooh-ooh aah-ahh. Ooh-ooh aah-ahh. Ooh-ooh aah-ahh. Ooh-ooh aah-ahh. Ooh-ooh aah-ahh. Ooh-ooh aah-ahh. Ooh-ooh aah-ahh. Ooh-ooh aah-ahh. Ooh-ooh aah-ahh. Ooh-ooh aah-ahh. Ooh-ooh aah-ahh.

THIRD BOOK OF PROPHECIES

Ooh-ooh aah-ahh. Ooh-ooh aah-ahh. Ooh-ooh aah-aah. Ooh-ooh aah-ahh. Ooh-ooh aah-ahh. Ooh-ooh aah-ahh. Ooh-ooh aah-ahh. Ooh-ooh aah-ahh. Ooh-ooh aah-ahh. Ooh-ooh aah-ahh. Ooh-ooh aah-ahh. Ooh-ooh aah-ahh. Ooh-ooh aah-ahh. Ooh-ooh aah-ahh. Ooh-ooh aah-ahh. Ooh-ooh aah-ahh. Ooh-ooh aah-ahh.

Ooh-ooh aah-ahh. Ooh-ooh aah-ahh. Ooh-ooh aah-aah. Ooh-ooh aah-ahh. Ooh-ooh aah-ahh. Ooh-ooh aah-ahh. Ooh-ooh aah-ahh. Ooh-ooh aah-ahh. Ooh-ooh aah-ahh. Ooh-ooh aah-ahh. Ooh-ooh aah-ahh. Ooh-ooh aah-ahh. Ooh-ooh aah-ahh. Ooh-ooh aah-ahh. Ooh-ooh aah-ahh. Ooh-ooh aah-ahh. Ooh-ooh aah-ahh.

Ooh-ooh aah-ahh. Ooh-ooh aah-ahh. Ooh-ooh aah-aah. Ooh-ooh aah-ahh. Ooh-ooh aah-ahh. Ooh-ooh aah-ahh. Ooh-ooh aah-ahh. Ooh-ooh aah-ahh. Ooh-ooh aah-ahh. Ooh-ooh aah-ahh. Ooh-ooh aah-ahh. Ooh-ooh aah-ahh. Ooh-ooh aah-ahh. Ooh-ooh aah-ahh. Ooh-ooh aah-ahh. Ooh-ooh aah-ahh. Ooh-ooh aah-ahh.

Ooh-ooh aah-ahh. Ooh-ooh aah-ahh. Ooh-ooh aah-aah. Ooh-ooh aah-ahh. Ooh-ooh aah-ahh. Ooh-ooh aah-ahh. Ooh-ooh aah-ahh. Ooh-ooh aah-ahh. Ooh-ooh aah-ahh. Ooh-ooh aah-ahh. Ooh-ooh aah-ahh. Ooh-ooh aah-ahh. Ooh-ooh aah-ahh. Ooh-ooh aah-ahh. Ooh-ooh aah-ahh.

THIRD BOOK OF PROPHECIES

Ooh-ooh aah-ahh. Ooh-ooh aah-ahh. Ooh-ooh aah-ahh. Ooh-ooh aah-ahh. Ooh-ooh aah-ahh.

Ooh-ooh aah-ahh. Ooh-ooh aah-ahh. Ooh-ooh aah-aah. Ooh-ooh aah-ahh. Ooh-ooh aah-ahh. Ooh-ooh aah-ahh. Ooh-ooh aah-ahh. Ooh-ooh aah-ahh. Ooh-ooh aah-ahh. Ooh-ooh aah-ahh. Ooh-ooh aah-ahh. Ooh-ooh aah-ahh. Ooh-ooh aah-ahh. Ooh-ooh aah-ahh. Ooh-ooh aah-ahh. Ooh-ooh aah-ahh. Ooh-ooh aah-ahh. Ooh-ooh aah-ahh.

Ooh-ooh aah-ahh. Ooh-ooh aah-ahh. Ooh-ooh aah-aah. Ooh-ooh aah-ahh. Ooh-ooh aah-ahh. Ooh-ooh aah-ahh. Ooh-ooh aah-ahh. Ooh-ooh aah-ahh. Ooh-ooh aah-ahh. Ooh-ooh aah-ahh. Ooh-ooh aah-ahh. Ooh-ooh aah-ahh. Ooh-ooh aah-ahh. Ooh-ooh aah-ahh. Ooh-ooh aah-ahh. Ooh-ooh aah-ahh. Ooh-ooh aah-ahh. Ooh-ooh aah-ahh.

Ooh-ooh aah-ahh. Ooh-ooh aah-ahh. Ooh-ooh aah-aah. Ooh-ooh aah-ahh. Ooh-ooh aah-ahh. Ooh-ooh aah-ahh. Ooh-ooh aah-ahh. Ooh-ooh aah-ahh. Ooh-ooh aah-ahh. Ooh-ooh aah-ahh. Ooh-ooh aah-ahh. Ooh-ooh aah-ahh. Ooh-ooh aah-ahh. Ooh-ooh aah-ahh. Ooh-ooh aah-ahh. Ooh-ooh aah-ahh. Ooh-ooh aah-ahh. Ooh-ooh aah-ahh.

Ooh-ooh aah-ahh. Ooh-ooh aah-ahh. Ooh-ooh aah-aah. Ooh-ooh aah-ahh. Ooh-ooh aah-ahh. Ooh-ooh aah-ahh. Ooh-ooh aah-ahh. Ooh-ooh

THIRD BOOK OF PROPHECIES

aah-ahh. Ooh-ooh aah-ahh. Ooh-ooh aah-ahh. Ooh-ooh aah-ahh. Ooh-ooh aah-ahh. Ooh-ooh aah-ahh. Ooh-ooh aah-ahh. Ooh-ooh aah-ahh. Ooh-ooh aah-ahh. Ooh-ooh aah-ahh. Ooh-ooh aah-ahh. Ooh-ooh aah-ahh. Ooh-ooh aah-ahh.

Ooh-ooh aah-ahh. Ooh-ooh aah-ahh. Ooh-ooh aah-aah. Ooh-ooh aah-ahh. Ooh-ooh aah-ahh. Ooh-ooh aah-ahh. Ooh-ooh aah-ahh. Ooh-ooh aah-ahh. Ooh-ooh aah-ahh. Ooh-ooh aah-ahh. Ooh-ooh aah-ahh. Ooh-ooh aah-ahh. Ooh-ooh aah-ahh. Ooh-ooh aah-ahh. Ooh-ooh aah-ahh. Ooh-ooh aah-ahh. Ooh-ooh aah-ahh.

Ooh-ooh aah-ahh. Ooh-ooh aah-ahh. Ooh-ooh aah-aah. Ooh-ooh aah-ahh. Ooh-ooh aah-ahh. Ooh-ooh aah-ahh. Ooh-ooh aah-ahh. Ooh-ooh aah-ahh. Ooh-ooh aah-ahh. Ooh-ooh aah-ahh. Ooh-ooh aah-ahh. Ooh-ooh aah-ahh. Ooh-ooh aah-ahh. Ooh-ooh aah-ahh. Ooh-ooh aah-ahh. Ooh-ooh aah-ahh. Ooh-ooh aah-ahh.

Ooh-ooh aah-ahh. Ooh-ooh aah-ahh. Ooh-ooh aah-aah. Ooh-ooh aah-ahh. Ooh-ooh aah-ahh. Ooh-ooh aah-ahh. Ooh-ooh aah-ahh. Ooh-ooh aah-ahh. Ooh-ooh aah-ahh. Ooh-ooh aah-ahh. Ooh-ooh aah-ahh. Ooh-ooh aah-ahh. Ooh-ooh aah-ahh. Ooh-ooh aah-ahh. Ooh-ooh aah-ahh. Ooh-ooh aah-ahh. Ooh-ooh aah-ahh.

THIRD BOOK OF PROPHECIES

Ooh-ooh aah-ahh. Ooh-ooh aah-ahh. Ooh-ooh aah-aah. Ooh-ooh aah-ahh. Ooh-ooh aah-ahh. Ooh-ooh aah-ahh. Ooh-ooh aah-ahh. Ooh-ooh aah-ahh. Ooh-ooh aah-ahh. Ooh-ooh aah-ahh. Ooh-ooh aah-ahh. Ooh-ooh aah-ahh. Ooh-ooh aah-ahh. Ooh-ooh aah-ahh. Ooh-ooh aah-ahh. Ooh-ooh aah-ahh. Ooh-ooh aah-ahh. Ooh-ooh aah-ahh.

Ooh-ooh aah-ahh. Ooh-ooh aah-ahh. Ooh-ooh aah-aah. Ooh-ooh aah-ahh. Ooh-ooh aah-ahh. Ooh-ooh aah-ahh. Ooh-ooh aah-ahh. Ooh-ooh aah-ahh. Ooh-ooh aah-ahh. Ooh-ooh aah-ahh. Ooh-ooh aah-ahh. Ooh-ooh aah-ahh. Ooh-ooh aah-ahh. Ooh-ooh aah-ahh. Ooh-ooh aah-ahh. Ooh-ooh aah-ahh. Ooh-ooh aah-ahh. Ooh-ooh aah-ahh.

Ooh-ooh aah-ahh. Ooh-ooh aah-ahh. Ooh-ooh aah-aah. Ooh-ooh aah-ahh. Ooh-ooh aah-ahh. Ooh-ooh aah-ahh. Ooh-ooh aah-ahh. Ooh-ooh aah-ahh. Ooh-ooh aah-ahh. Ooh-ooh aah-ahh. Ooh-ooh aah-ahh. Ooh-ooh aah-ahh. Ooh-ooh aah-ahh. Ooh-ooh aah-ahh. Ooh-ooh aah-ahh. Ooh-ooh aah-ahh. Ooh-ooh aah-ahh. Ooh-ooh aah-ahh.

Ooh-ooh aah-ahh. Ooh-ooh aah-ahh. Ooh-ooh aah-aah. Ooh-ooh aah-ahh. Ooh-ooh aah-ahh. Ooh-ooh aah-ahh. Ooh-ooh aah-ahh. Ooh-ooh aah-ahh. Ooh-ooh aah-ahh. Ooh-ooh aah-ahh. Ooh-ooh aah-ahh. Ooh-ooh aah-ahh. Ooh-ooh aah-ahh. Ooh-ooh aah-ahh. Ooh-ooh aah-ahh.

THIRD BOOK OF PROPHECIES

Ooh-ooh aah-ahh. Ooh-ooh aah-ahh. Ooh-ooh aah-ahh. Ooh-ooh aah-ahh. Ooh-ooh aah-ahh.

Ooh-ooh aah-ahh. Ooh-ooh aah-ahh. Ooh-ooh aah-aah. Ooh-ooh aah-ahh. Ooh-ooh aah-ahh. Ooh-ooh aah-ahh. Ooh-ooh aah-ahh. Ooh-ooh aah-ahh. Ooh-ooh aah-ahh. Ooh-ooh aah-ahh. Ooh-ooh aah-ahh. Ooh-ooh aah-ahh. Ooh-ooh aah-ahh. Ooh-ooh aah-ahh. Ooh-ooh aah-ahh. Ooh-ooh aah-ahh. Ooh-ooh aah-ahh.

Ooh-ooh aah-ahh. Ooh-ooh aah-ahh. Ooh-ooh aah-aah. Ooh-ooh aah-ahh. Ooh-ooh aah-ahh. Ooh-ooh aah-ahh. Ooh-ooh aah-ahh. Ooh-ooh aah-ahh. Ooh-ooh aah-ahh. Ooh-ooh aah-ahh. Ooh-ooh aah-ahh. Ooh-ooh aah-ahh. Ooh-ooh aah-ahh. Ooh-ooh aah-ahh. Ooh-ooh aah-ahh. Ooh-ooh aah-ahh. Ooh-ooh aah-ahh.

Ooh-ooh aah-ahh. Ooh-ooh aah-ahh. Ooh-ooh aah-aah. Ooh-ooh aah-ahh. Ooh-ooh aah-ahh. Ooh-ooh aah-ahh. Ooh-ooh aah-ahh. Ooh-ooh aah-ahh. Ooh-ooh aah-ahh. Ooh-ooh aah-ahh. Ooh-ooh aah-ahh. Ooh-ooh aah-ahh. Ooh-ooh aah-ahh. Ooh-ooh aah-ahh. Ooh-ooh aah-ahh. Ooh-ooh aah-ahh. Ooh-ooh aah-ahh.

Ooh-ooh aah-ahh. Ooh-ooh aah-ahh. Ooh-ooh aah-aah. Ooh-ooh aah-ahh. Ooh-ooh aah-ahh. Ooh-ooh aah-ahh. Ooh-ooh aah-ahh. Ooh-ooh

aah-ahh. Ooh-ooh aah-ahh. Ooh-ooh aah-ahh. Ooh-ooh aah-ahh. Ooh-ooh aah-ahh. Ooh-ooh aah-ahh. Ooh-ooh aah-ahh. Ooh-ooh aah-ahh. Ooh-ooh aah-ahh. Ooh-ooh aah-ahh. Ooh-ooh aah-ahh. Ooh-ooh aah-ahh.

Ooh-ooh aah-ahh. Ooh-ooh aah-ahh. Ooh-ooh aah-aah. Ooh-ooh aah-ahh. Ooh-ooh aah-ahh. Ooh-ooh aah-ahh. Ooh-ooh aah-ahh. Ooh-ooh aah-ahh. Ooh-ooh aah-ahh. Ooh-ooh aah-ahh. Ooh-ooh aah-ahh. Ooh-ooh aah-ahh. Ooh-ooh aah-ahh. Ooh-ooh aah-ahh. Ooh-ooh aah-ahh. Ooh-ooh aah-ahh. Ooh-ooh aah-ahh.

Ooh-ooh aah-ahh. Ooh-ooh aah-ahh. Ooh-ooh aah-aah. Ooh-ooh aah-ahh. Ooh-ooh aah-ahh. Ooh-ooh aah-ahh. Ooh-ooh aah-ahh. Ooh-ooh aah-ahh. Ooh-ooh aah-ahh. Ooh-ooh aah-ahh. Ooh-ooh aah-ahh. Ooh-ooh aah-ahh. Ooh-ooh aah-ahh. Ooh-ooh aah-ahh. Ooh-ooh aah-ahh. Ooh-ooh aah-ahh. Ooh-ooh aah-ahh.

Ooh-ooh aah-ahh. Ooh-ooh aah-ahh. Ooh-ooh aah-aah. Ooh-ooh aah-ahh. Ooh-ooh aah-ahh. Ooh-ooh aah-ahh. Ooh-ooh aah-ahh. Ooh-ooh aah-ahh. Ooh-ooh aah-ahh. Ooh-ooh aah-ahh. Ooh-ooh aah-ahh. Ooh-ooh aah-ahh. Ooh-ooh aah-ahh. Ooh-ooh aah-ahh. Ooh-ooh aah-ahh. Ooh-ooh aah-ahh. Ooh-ooh aah-ahh.

THIRD BOOK OF PROPHECIES

Ooh-ooh aah-ahh. Ooh-ooh aah-ahh. Ooh-ooh aah-aah. Ooh-ooh aah-ahh. Ooh-ooh aah-ahh. Ooh-ooh aah-ahh. Ooh-ooh aah-ahh. Ooh-ooh aah-ahh. Ooh-ooh aah-ahh. Ooh-ooh aah-ahh. Ooh-ooh aah-ahh. Ooh-ooh aah-ahh. Ooh-ooh aah-ahh. Ooh-ooh aah-ahh. Ooh-ooh aah-ahh. Ooh-ooh aah-ahh. Ooh-ooh aah-ahh. Ooh-ooh aah-ahh.

Ooh-ooh aah-ahh. Ooh-ooh aah-ahh. Ooh-ooh aah-aah. Ooh-ooh aah-ahh. Ooh-ooh aah-ahh. Ooh-ooh aah-ahh. Ooh-ooh aah-ahh. Ooh-ooh aah-ahh. Ooh-ooh aah-ahh. Ooh-ooh aah-ahh. Ooh-ooh aah-ahh. Ooh-ooh aah-ahh. Ooh-ooh aah-ahh. Ooh-ooh aah-ahh. Ooh-ooh aah-ahh. Ooh-ooh aah-ahh. Ooh-ooh aah-ahh. Ooh-ooh aah-ahh.

Ooh-ooh aah-ahh. Ooh-ooh aah-ahh. Ooh-ooh aah-aah. Ooh-ooh aah-ahh. Ooh-ooh aah-ahh. Ooh-ooh aah-ahh. Ooh-ooh aah-ahh. Ooh-ooh aah-ahh. Ooh-ooh aah-ahh. Ooh-ooh aah-ahh. Ooh-ooh aah-ahh. Ooh-ooh aah-ahh. Ooh-ooh aah-ahh. Ooh-ooh aah-ahh. Ooh-ooh aah-ahh. Ooh-ooh aah-ahh. Ooh-ooh aah-ahh. Ooh-ooh aah-ahh.

Ooh-ooh aah-ahh. Ooh-ooh aah-ahh. Ooh-ooh aah-aah. Ooh-ooh aah-ahh. Ooh-ooh aah-ahh. Ooh-ooh aah-ahh. Ooh-ooh aah-ahh. Ooh-ooh aah-ahh. Ooh-ooh aah-ahh. Ooh-ooh aah-ahh. Ooh-ooh aah-ahh. Ooh-ooh aah-ahh. Ooh-ooh aah-ahh. Ooh-ooh aah-ahh.

THIRD BOOK OF PROPHECIES

Ooh-ooh aah-ahh. Ooh-ooh aah-ahh. Ooh-ooh aah-ahh. Ooh-ooh aah-ahh. Ooh-ooh aah-ahh.

Ooh-ooh aah-ahh. Ooh-ooh aah-ahh. Ooh-ooh aah-aah. Ooh-ooh aah-ahh. Ooh-ooh aah-ahh. Ooh-ooh aah-ahh. Ooh-ooh aah-ahh. Ooh-ooh aah-ahh. Ooh-ooh aah-ahh. Ooh-ooh aah-ahh. Ooh-ooh aah-ahh. Ooh-ooh aah-ahh. Ooh-ooh aah-ahh. Ooh-ooh aah-ahh. Ooh-ooh aah-ahh. Ooh-ooh aah-ahh. Ooh-ooh aah-ahh.

Ooh-ooh aah-ahh. Ooh-ooh aah-ahh. Ooh-ooh aah-aah. Ooh-ooh aah-ahh. Ooh-ooh aah-ahh. Ooh-ooh aah-ahh. Ooh-ooh aah-ahh. Ooh-ooh aah-ahh. Ooh-ooh aah-ahh. Ooh-ooh aah-ahh. Ooh-ooh aah-ahh. Ooh-ooh aah-ahh. Ooh-ooh aah-ahh. Ooh-ooh aah-ahh. Ooh-ooh aah-ahh. Ooh-ooh aah-ahh. Ooh-ooh aah-ahh.

Ooh-ooh aah-ahh. Ooh-ooh aah-ahh. Ooh-ooh aah-aah. Ooh-ooh aah-ahh. Ooh-ooh aah-ahh. Ooh-ooh aah-ahh. Ooh-ooh aah-ahh. Ooh-ooh aah-ahh. Ooh-ooh aah-ahh. Ooh-ooh aah-ahh. Ooh-ooh aah-ahh. Ooh-ooh aah-ahh. Ooh-ooh aah-ahh. Ooh-ooh aah-ahh. Ooh-ooh aah-ahh. Ooh-ooh aah-ahh. Ooh-ooh aah-ahh.

Ooh-ooh aah-ahh. Ooh-ooh aah-ahh. Ooh-ooh aah-aah. Ooh-ooh aah-ahh. Ooh-ooh aah-ahh. Ooh-ooh aah-ahh. Ooh-ooh aah-ahh. Ooh-ooh

aah-ahh. Ooh-ooh aah-ahh. Ooh-ooh aah-ahh. Ooh-ooh aah-ahh. Ooh-ooh aah-ahh. Ooh-ooh aah-ahh. Ooh-ooh aah-ahh. Ooh-ooh aah-ahh. Ooh-ooh aah-ahh. Ooh-ooh aah-ahh. Ooh-ooh aah-ahh. Ooh-ooh aah-ahh. Ooh-ooh aah-ahh.

FOURTH BOOK OF PROPHECIES

Ooh-ooh aah-ahh. Ooh-ooh aah-ahh. Ooh-ooh aah-aah. Ooh-ooh aah-ahh. Ooh-ooh aah-ahh. Ooh-ooh aah-ahh. Ooh-ooh aah-ahh. Ooh-ooh aah-ahh. Ooh-ooh aah-ahh. Ooh-ooh aah-ahh. Ooh-ooh aah-ahh. Ooh-ooh aah-ahh. Ooh-ooh aah-ahh. Ooh-ooh aah-ahh. Ooh-ooh aah-ahh. Ooh-ooh aah-ahh.

Ooh-ooh aah-ahh. Ooh-ooh aah-ahh. Ooh-ooh aah-aah. Ooh-ooh aah-ahh. Ooh-ooh aah-ahh. Ooh-ooh aah-ahh. Ooh-ooh aah-ahh. Ooh-ooh aah-ahh. Ooh-ooh aah-ahh. Ooh-ooh aah-ahh. Ooh-ooh aah-ahh. Ooh-ooh aah-ahh. Ooh-ooh aah-ahh. Ooh-ooh aah-ahh. Ooh-ooh aah-ahh. Ooh-ooh aah-ahh. Ooh-ooh aah-ahh.

FOURTH BOOK OF PROPHECIES

Ooh-ooh aah-ahh. Ooh-ooh aah-ahh. Ooh-ooh aah-aah. Ooh-ooh aah-ahh. Ooh-ooh aah-ahh. Ooh-ooh aah-ahh. Ooh-ooh aah-ahh. Ooh-ooh aah-ahh. Ooh-ooh aah-ahh. Ooh-ooh aah-ahh. Ooh-ooh aah-ahh. Ooh-ooh aah-ahh. Ooh-ooh aah-ahh. Ooh-ooh aah-ahh. Ooh-ooh aah-ahh. Ooh-ooh aah-ahh. Ooh-ooh aah-ahh. Ooh-ooh aah-ahh.

Ooh-ooh aah-ahh. Ooh-ooh aah-ahh. Ooh-ooh aah-aah. Ooh-ooh aah-ahh. Ooh-ooh aah-ahh. Ooh-ooh aah-ahh. Ooh-ooh aah-ahh. Ooh-ooh aah-ahh. Ooh-ooh aah-ahh. Ooh-ooh aah-ahh. Ooh-ooh aah-ahh. Ooh-ooh aah-ahh. Ooh-ooh aah-ahh. Ooh-ooh aah-ahh. Ooh-ooh aah-ahh. Ooh-ooh aah-ahh. Ooh-ooh aah-ahh. Ooh-ooh aah-ahh.

Ooh-ooh aah-ahh. Ooh-ooh aah-ahh. Ooh-ooh aah-aah. Ooh-ooh aah-ahh. Ooh-ooh aah-ahh. Ooh-ooh aah-ahh. Ooh-ooh aah-ahh. Ooh-ooh aah-ahh. Ooh-ooh aah-ahh. Ooh-ooh aah-ahh. Ooh-ooh aah-ahh. Ooh-ooh aah-ahh. Ooh-ooh aah-ahh. Ooh-ooh aah-ahh. Ooh-ooh aah-ahh. Ooh-ooh aah-ahh. Ooh-ooh aah-ahh. Ooh-ooh aah-ahh.

Ooh-ooh aah-ahh. Ooh-ooh aah-ahh. Ooh-ooh aah-aah. Ooh-ooh aah-ahh. Ooh-ooh aah-ahh. Ooh-ooh aah-ahh. Ooh-ooh aah-ahh. Ooh-ooh aah-ahh. Ooh-ooh aah-ahh. Ooh-ooh aah-ahh. Ooh-ooh aah-ahh. Ooh-ooh aah-ahh. Ooh-ooh aah-ahh. Ooh-ooh aah-ahh. Ooh-ooh aah-ahh.

FOURTH BOOK OF PROPHECIES

Ooh-ooh aah-ahh. Ooh-ooh aah-ahh. Ooh-ooh aah-ahh. Ooh-ooh aah-ahh. Ooh-ooh aah-ahh.

Ooh-ooh aah-ahh. Ooh-ooh aah-ahh. Ooh-ooh aah-aah. Ooh-ooh aah-ahh. Ooh-ooh aah-ahh. Ooh-ooh aah-ahh. Ooh-ooh aah-ahh. Ooh-ooh aah-ahh. Ooh-ooh aah-ahh. Ooh-ooh aah-ahh. Ooh-ooh aah-ahh. Ooh-ooh aah-ahh. Ooh-ooh aah-ahh. Ooh-ooh aah-ahh. Ooh-ooh aah-ahh. Ooh-ooh aah-ahh.

Ooh-ooh aah-ahh. Ooh-ooh aah-ahh. Ooh-ooh aah-aah. Ooh-ooh aah-ahh. Ooh-ooh aah-ahh. Ooh-ooh aah-ahh. Ooh-ooh aah-ahh. Ooh-ooh aah-ahh. Ooh-ooh aah-ahh. Ooh-ooh aah-ahh. Ooh-ooh aah-ahh. Ooh-ooh aah-ahh. Ooh-ooh aah-ahh. Ooh-ooh aah-ahh. Ooh-ooh aah-ahh. Ooh-ooh aah-ahh.

Ooh-ooh aah-ahh. Ooh-ooh aah-ahh. Ooh-ooh aah-aah. Ooh-ooh aah-ahh. Ooh-ooh aah-ahh. Ooh-ooh aah-ahh. Ooh-ooh aah-ahh. Ooh-ooh aah-ahh. Ooh-ooh aah-ahh. Ooh-ooh aah-ahh. Ooh-ooh aah-ahh. Ooh-ooh aah-ahh. Ooh-ooh aah-ahh. Ooh-ooh aah-ahh. Ooh-ooh aah-ahh. Ooh-ooh aah-ahh.

Ooh-ooh aah-ahh. Ooh-ooh aah-ahh. Ooh-ooh aah-aah. Ooh-ooh aah-ahh. Ooh-ooh aah-ahh. Ooh-ooh aah-ahh. Ooh-ooh aah-ahh. Ooh-ooh

FOURTH BOOK OF PROPHECIES

aah-ahh. Ooh-ooh aah-ahh. Ooh-ooh aah-ahh. Ooh-ooh aah-ahh. Ooh-ooh aah-ahh. Ooh-ooh aah-ahh. Ooh-ooh aah-ahh. Ooh-ooh aah-ahh. Ooh-ooh aah-ahh. Ooh-ooh aah-ahh. Ooh-ooh aah-ahh. Ooh-ooh aah-ahh.

Ooh-ooh aah-ahh. Ooh-ooh aah-ahh. Ooh-ooh aah-aah. Ooh-ooh aah-ahh. Ooh-ooh aah-ahh. Ooh-ooh aah-ahh. Ooh-ooh aah-ahh. Ooh-ooh aah-ahh. Ooh-ooh aah-ahh. Ooh-ooh aah-ahh. Ooh-ooh aah-ahh. Ooh-ooh aah-ahh. Ooh-ooh aah-ahh. Ooh-ooh aah-ahh. Ooh-ooh aah-ahh. Ooh-ooh aah-ahh. Ooh-ooh aah-ahh.

Ooh-ooh aah-ahh. Ooh-ooh aah-ahh. Ooh-ooh aah-aah. Ooh-ooh aah-ahh. Ooh-ooh aah-ahh. Ooh-ooh aah-ahh. Ooh-ooh aah-ahh. Ooh-ooh aah-ahh. Ooh-ooh aah-ahh. Ooh-ooh aah-ahh. Ooh-ooh aah-ahh. Ooh-ooh aah-ahh. Ooh-ooh aah-ahh. Ooh-ooh aah-ahh. Ooh-ooh aah-ahh. Ooh-ooh aah-ahh. Ooh-ooh aah-ahh.

Ooh-ooh aah-ahh. Ooh-ooh aah-ahh. Ooh-ooh aah-aah. Ooh-ooh aah-ahh. Ooh-ooh aah-ahh. Ooh-ooh aah-ahh. Ooh-ooh aah-ahh. Ooh-ooh aah-ahh. Ooh-ooh aah-ahh. Ooh-ooh aah-ahh. Ooh-ooh aah-ahh. Ooh-ooh aah-ahh. Ooh-ooh aah-ahh. Ooh-ooh aah-ahh. Ooh-ooh aah-ahh. Ooh-ooh aah-ahh. Ooh-ooh aah-ahh.

FOURTH BOOK OF PROPHECIES

Ooh-ooh aah-ahh. Ooh-ooh aah-ahh. Ooh-ooh aah-aah. Ooh-ooh aah-ahh. Ooh-ooh aah-ahh. Ooh-ooh aah-ahh. Ooh-ooh aah-ahh. Ooh-ooh aah-ahh. Ooh-ooh aah-ahh. Ooh-ooh aah-ahh. Ooh-ooh aah-ahh. Ooh-ooh aah-ahh. Ooh-ooh aah-ahh. Ooh-ooh aah-ahh. Ooh-ooh aah-ahh. Ooh-ooh aah-ahh. Ooh-ooh aah-ahh.

Ooh-ooh aah-ahh. Ooh-ooh aah-ahh. Ooh-ooh aah-aah. Ooh-ooh aah-ahh. Ooh-ooh aah-ahh. Ooh-ooh aah-ahh. Ooh-ooh aah-ahh. Ooh-ooh aah-ahh. Ooh-ooh aah-ahh. Ooh-ooh aah-ahh. Ooh-ooh aah-ahh. Ooh-ooh aah-ahh. Ooh-ooh aah-ahh. Ooh-ooh aah-ahh. Ooh-ooh aah-ahh. Ooh-ooh aah-ahh. Ooh-ooh aah-ahh.

Ooh-ooh aah-ahh. Ooh-ooh aah-ahh. Ooh-ooh aah-aah. Ooh-ooh aah-ahh. Ooh-ooh aah-ahh. Ooh-ooh aah-ahh. Ooh-ooh aah-ahh. Ooh-ooh aah-ahh. Ooh-ooh aah-ahh. Ooh-ooh aah-ahh. Ooh-ooh aah-ahh. Ooh-ooh aah-ahh. Ooh-ooh aah-ahh. Ooh-ooh aah-ahh. Ooh-ooh aah-ahh. Ooh-ooh aah-ahh. Ooh-ooh aah-ahh.

Ooh-ooh aah-ahh. Ooh-ooh aah-ahh. Ooh-ooh aah-aah. Ooh-ooh aah-ahh. Ooh-ooh aah-ahh. Ooh-ooh aah-ahh. Ooh-ooh aah-ahh. Ooh-ooh aah-ahh. Ooh-ooh aah-ahh. Ooh-ooh aah-ahh. Ooh-ooh aah-ahh. Ooh-ooh aah-ahh. Ooh-ooh aah-ahh. Ooh-ooh aah-ahh. Ooh-ooh aah-ahh. Ooh-ooh aah-ahh. Ooh-ooh aah-ahh.

FOURTH BOOK OF PROPHECIES

Ooh-ooh aah-ahh. Ooh-ooh aah-ahh. Ooh-ooh aah-ahh. Ooh-ooh aah-ahh. Ooh-ooh aah-ahh.

Ooh-ooh aah-ahh. Ooh-ooh aah-ahh. Ooh-ooh aah-aah. Ooh-ooh aah-ahh. Ooh-ooh aah-ahh. Ooh-ooh aah-ahh. Ooh-ooh aah-ahh. Ooh-ooh aah-ahh. Ooh-ooh aah-ahh. Ooh-ooh aah-ahh. Ooh-ooh aah-ahh. Ooh-ooh aah-ahh. Ooh-ooh aah-ahh. Ooh-ooh aah-ahh. Ooh-ooh aah-ahh. Ooh-ooh aah-ahh. Ooh-ooh aah-ahh.

Ooh-ooh aah-ahh. Ooh-ooh aah-ahh. Ooh-ooh aah-aah. Ooh-ooh aah-ahh. Ooh-ooh aah-ahh. Ooh-ooh aah-ahh. Ooh-ooh aah-ahh. Ooh-ooh aah-ahh. Ooh-ooh aah-ahh. Ooh-ooh aah-ahh. Ooh-ooh aah-ahh. Ooh-ooh aah-ahh. Ooh-ooh aah-ahh. Ooh-ooh aah-ahh. Ooh-ooh aah-ahh. Ooh-ooh aah-ahh. Ooh-ooh aah-ahh.

Ooh-ooh aah-ahh. Ooh-ooh aah-ahh. Ooh-ooh aah-aah. Ooh-ooh aah-ahh. Ooh-ooh aah-ahh. Ooh-ooh aah-ahh. Ooh-ooh aah-ahh. Ooh-ooh aah-ahh. Ooh-ooh aah-ahh. Ooh-ooh aah-ahh. Ooh-ooh aah-ahh. Ooh-ooh aah-ahh. Ooh-ooh aah-ahh. Ooh-ooh aah-ahh. Ooh-ooh aah-ahh. Ooh-ooh aah-ahh. Ooh-ooh aah-ahh.

Ooh-ooh aah-ahh. Ooh-ooh aah-ahh. Ooh-ooh aah-aah. Ooh-ooh aah-ahh. Ooh-ooh aah-ahh. Ooh-ooh aah-ahh. Ooh-ooh aah-ahh. Ooh-ooh

FOURTH BOOK OF PROPHECIES

aah-ahh. Ooh-ooh aah-ahh. Ooh-ooh aah-ahh. Ooh-ooh aah-ahh. Ooh-ooh aah-ahh. Ooh-ooh aah-ahh. Ooh-ooh aah-ahh. Ooh-ooh aah-ahh. Ooh-ooh aah-ahh. Ooh-ooh aah-ahh. Ooh-ooh aah-ahh. Ooh-ooh aah-ahh.

Ooh-ooh aah-ahh. Ooh-ooh aah-ahh. Ooh-ooh aah-aah. Ooh-ooh aah-ahh. Ooh-ooh aah-ahh. Ooh-ooh aah-ahh. Ooh-ooh aah-ahh. Ooh-ooh aah-ahh. Ooh-ooh aah-ahh. Ooh-ooh aah-ahh. Ooh-ooh aah-ahh. Ooh-ooh aah-ahh. Ooh-ooh aah-ahh. Ooh-ooh aah-ahh. Ooh-ooh aah-ahh. Ooh-ooh aah-ahh.

Ooh-ooh aah-ahh. Ooh-ooh aah-ahh. Ooh-ooh aah-aah. Ooh-ooh aah-ahh. Ooh-ooh aah-ahh. Ooh-ooh aah-ahh. Ooh-ooh aah-ahh. Ooh-ooh aah-ahh. Ooh-ooh aah-ahh. Ooh-ooh aah-ahh. Ooh-ooh aah-ahh. Ooh-ooh aah-ahh. Ooh-ooh aah-ahh. Ooh-ooh aah-ahh. Ooh-ooh aah-ahh. Ooh-ooh aah-ahh.

Ooh-ooh aah-ahh. Ooh-ooh aah-ahh. Ooh-ooh aah-aah. Ooh-ooh aah-ahh. Ooh-ooh aah-ahh. Ooh-ooh aah-ahh. Ooh-ooh aah-ahh. Ooh-ooh aah-ahh. Ooh-ooh aah-ahh. Ooh-ooh aah-ahh. Ooh-ooh aah-ahh. Ooh-ooh aah-ahh. Ooh-ooh aah-ahh. Ooh-ooh aah-ahh. Ooh-ooh aah-ahh. Ooh-ooh aah-ahh.

FOURTH BOOK OF PROPHECIES

Ooh-ooh aah-ahh. Ooh-ooh aah-ahh. Ooh-ooh aah-aah. Ooh-ooh aah-ahh. Ooh-ooh aah-ahh. Ooh-ooh aah-ahh. Ooh-ooh aah-ahh. Ooh-ooh aah-ahh. Ooh-ooh aah-ahh. Ooh-ooh aah-ahh. Ooh-ooh aah-ahh. Ooh-ooh aah-ahh. Ooh-ooh aah-ahh. Ooh-ooh aah-ahh. Ooh-ooh aah-ahh. Ooh-ooh aah-ahh. Ooh-ooh aah-ahh. Ooh-ooh aah-ahh.

Ooh-ooh aah-ahh. Ooh-ooh aah-ahh. Ooh-ooh aah-aah. Ooh-ooh aah-ahh. Ooh-ooh aah-ahh. Ooh-ooh aah-ahh. Ooh-ooh aah-ahh. Ooh-ooh aah-ahh. Ooh-ooh aah-ahh. Ooh-ooh aah-ahh. Ooh-ooh aah-ahh. Ooh-ooh aah-ahh. Ooh-ooh aah-ahh. Ooh-ooh aah-ahh. Ooh-ooh aah-ahh. Ooh-ooh aah-ahh. Ooh-ooh aah-ahh. Ooh-ooh aah-ahh.

Ooh-ooh aah-ahh. Ooh-ooh aah-ahh. Ooh-ooh aah-aah. Ooh-ooh aah-ahh. Ooh-ooh aah-ahh. Ooh-ooh aah-ahh. Ooh-ooh aah-ahh. Ooh-ooh aah-ahh. Ooh-ooh aah-ahh. Ooh-ooh aah-ahh. Ooh-ooh aah-ahh. Ooh-ooh aah-ahh. Ooh-ooh aah-ahh. Ooh-ooh aah-ahh. Ooh-ooh aah-ahh. Ooh-ooh aah-ahh. Ooh-ooh aah-ahh. Ooh-ooh aah-ahh.

Ooh-ooh aah-ahh. Ooh-ooh aah-ahh. Ooh-ooh aah-aah. Ooh-ooh aah-ahh. Ooh-ooh aah-ahh. Ooh-ooh aah-ahh. Ooh-ooh aah-ahh. Ooh-ooh aah-ahh. Ooh-ooh aah-ahh. Ooh-ooh aah-ahh. Ooh-ooh aah-ahh. Ooh-ooh aah-ahh. Ooh-ooh aah-ahh. Ooh-ooh aah-ahh. Ooh-ooh aah-ahh.

FOURTH BOOK OF PROPHECIES

Ooh-ooh aah-ahh. Ooh-ooh aah-ahh. Ooh-ooh aah-ahh. Ooh-ooh aah-ahh. Ooh-ooh aah-ahh.

Ooh-ooh aah-ahh. Ooh-ooh aah-ahh. Ooh-ooh aah-aah. Ooh-ooh aah-ahh. Ooh-ooh aah-ahh. Ooh-ooh aah-ahh. Ooh-ooh aah-ahh. Ooh-ooh aah-ahh. Ooh-ooh aah-ahh. Ooh-ooh aah-ahh. Ooh-ooh aah-ahh. Ooh-ooh aah-ahh. Ooh-ooh aah-ahh. Ooh-ooh aah-ahh. Ooh-ooh aah-ahh. Ooh-ooh aah-ahh. Ooh-ooh aah-ahh.

Ooh-ooh aah-ahh. Ooh-ooh aah-ahh. Ooh-ooh aah-aah. Ooh-ooh aah-ahh. Ooh-ooh aah-ahh. Ooh-ooh aah-ahh. Ooh-ooh aah-ahh. Ooh-ooh aah-ahh. Ooh-ooh aah-ahh. Ooh-ooh aah-ahh. Ooh-ooh aah-ahh. Ooh-ooh aah-ahh. Ooh-ooh aah-ahh. Ooh-ooh aah-ahh. Ooh-ooh aah-ahh. Ooh-ooh aah-ahh. Ooh-ooh aah-ahh.

Ooh-ooh aah-ahh. Ooh-ooh aah-ahh. Ooh-ooh aah-aah. Ooh-ooh aah-ahh. Ooh-ooh aah-ahh. Ooh-ooh aah-ahh. Ooh-ooh aah-ahh. Ooh-ooh aah-ahh. Ooh-ooh aah-ahh. Ooh-ooh aah-ahh. Ooh-ooh aah-ahh. Ooh-ooh aah-ahh. Ooh-ooh aah-ahh. Ooh-ooh aah-ahh. Ooh-ooh aah-ahh. Ooh-ooh aah-ahh. Ooh-ooh aah-ahh.

Ooh-ooh aah-ahh. Ooh-ooh aah-ahh. Ooh-ooh aah-aah. Ooh-ooh aah-ahh. Ooh-ooh aah-ahh. Ooh-ooh aah-ahh. Ooh-ooh aah-ahh. Ooh-ooh

aah-ahh. Ooh-ooh aah-ahh. Ooh-ooh aah-ahh. Ooh-ooh aah-ahh. Ooh-ooh aah-ahh. Ooh-ooh aah-ahh. Ooh-ooh aah-ahh. Ooh-ooh aah-ahh. Ooh-ooh aah-ahh. Ooh-ooh aah-ahh. Ooh-ooh aah-ahh. Ooh-ooh aah-ahh.

Ooh-ooh aah-ahh. Ooh-ooh aah-ahh. Ooh-ooh aah-aah. Ooh-ooh aah-ahh. Ooh-ooh aah-ahh. Ooh-ooh aah-ahh. Ooh-ooh aah-ahh. Ooh-ooh aah-ahh. Ooh-ooh aah-ahh. Ooh-ooh aah-ahh. Ooh-ooh aah-ahh. Ooh-ooh aah-ahh. Ooh-ooh aah-ahh. Ooh-ooh aah-ahh. Ooh-ooh aah-ahh. Ooh-ooh aah-ahh. Ooh-ooh aah-ahh.

Ooh-ooh aah-ahh. Ooh-ooh aah-ahh. Ooh-ooh aah-aah. Ooh-ooh aah-ahh. Ooh-ooh aah-ahh. Ooh-ooh aah-ahh. Ooh-ooh aah-ahh. Ooh-ooh aah-ahh. Ooh-ooh aah-ahh. Ooh-ooh aah-ahh. Ooh-ooh aah-ahh. Ooh-ooh aah-ahh. Ooh-ooh aah-ahh. Ooh-ooh aah-ahh. Ooh-ooh aah-ahh. Ooh-ooh aah-ahh. Ooh-ooh aah-ahh.

Ooh-ooh aah-ahh. Ooh-ooh aah-ahh. Ooh-ooh aah-aah. Ooh-ooh aah-ahh. Ooh-ooh aah-ahh. Ooh-ooh aah-ahh. Ooh-ooh aah-ahh. Ooh-ooh aah-ahh. Ooh-ooh aah-ahh. Ooh-ooh aah-ahh. Ooh-ooh aah-ahh. Ooh-ooh aah-ahh. Ooh-ooh aah-ahh. Ooh-ooh aah-ahh. Ooh-ooh aah-ahh. Ooh-ooh aah-ahh. Ooh-ooh aah-ahh.

FOURTH BOOK OF PROPHECIES

Ooh-ooh aah-ahh. Ooh-ooh aah-ahh. Ooh-ooh aah-aah. Ooh-ooh aah-ahh. Ooh-ooh aah-ahh. Ooh-ooh aah-ahh. Ooh-ooh aah-ahh. Ooh-ooh aah-ahh. Ooh-ooh aah-ahh. Ooh-ooh aah-ahh. Ooh-ooh aah-ahh. Ooh-ooh aah-ahh. Ooh-ooh aah-ahh. Ooh-ooh aah-ahh. Ooh-ooh aah-ahh. Ooh-ooh aah-ahh. Ooh-ooh aah-ahh. Ooh-ooh aah-ahh.

Ooh-ooh aah-ahh. Ooh-ooh aah-ahh. Ooh-ooh aah-aah. Ooh-ooh aah-ahh. Ooh-ooh aah-ahh. Ooh-ooh aah-ahh. Ooh-ooh aah-ahh. Ooh-ooh aah-ahh. Ooh-ooh aah-ahh. Ooh-ooh aah-ahh. Ooh-ooh aah-ahh. Ooh-ooh aah-ahh. Ooh-ooh aah-ahh. Ooh-ooh aah-ahh. Ooh-ooh aah-ahh. Ooh-ooh aah-ahh. Ooh-ooh aah-ahh. Ooh-ooh aah-ahh.

Ooh-ooh aah-ahh. Ooh-ooh aah-ahh. Ooh-ooh aah-aah. Ooh-ooh aah-ahh. Ooh-ooh aah-ahh. Ooh-ooh aah-ahh. Ooh-ooh aah-ahh. Ooh-ooh aah-ahh. Ooh-ooh aah-ahh. Ooh-ooh aah-ahh. Ooh-ooh aah-ahh. Ooh-ooh aah-ahh. Ooh-ooh aah-ahh. Ooh-ooh aah-ahh. Ooh-ooh aah-ahh. Ooh-ooh aah-ahh. Ooh-ooh aah-ahh. Ooh-ooh aah-ahh.

Ooh-ooh aah-ahh. Ooh-ooh aah-ahh. Ooh-ooh aah-aah. Ooh-ooh aah-ahh. Ooh-ooh aah-ahh. Ooh-ooh aah-ahh. Ooh-ooh aah-ahh. Ooh-ooh aah-ahh. Ooh-ooh aah-ahh. Ooh-ooh aah-ahh. Ooh-ooh aah-ahh. Ooh-ooh aah-ahh. Ooh-ooh aah-ahh. Ooh-ooh aah-ahh. Ooh-ooh aah-ahh.

FOURTH BOOK OF PROPHECIES

Ooh-ooh aah-ahh. Ooh-ooh aah-ahh. Ooh-ooh aah-ahh. Ooh-ooh aah-ahh. Ooh-ooh aah-ahh.

Ooh-ooh aah-ahh. Ooh-ooh aah-ahh. Ooh-ooh aah-aah. Ooh-ooh aah-ahh. Ooh-ooh aah-ahh. Ooh-ooh aah-ahh. Ooh-ooh aah-ahh. Ooh-ooh aah-ahh. Ooh-ooh aah-ahh. Ooh-ooh aah-ahh. Ooh-ooh aah-ahh. Ooh-ooh aah-ahh. Ooh-ooh aah-ahh. Ooh-ooh aah-ahh. Ooh-ooh aah-ahh. Ooh-ooh aah-ahh.

Ooh-ooh aah-ahh. Ooh-ooh aah-ahh. Ooh-ooh aah-aah. Ooh-ooh aah-ahh. Ooh-ooh aah-ahh. Ooh-ooh aah-ahh. Ooh-ooh aah-ahh. Ooh-ooh aah-ahh. Ooh-ooh aah-ahh. Ooh-ooh aah-ahh. Ooh-ooh aah-ahh. Ooh-ooh aah-ahh. Ooh-ooh aah-ahh. Ooh-ooh aah-ahh. Ooh-ooh aah-ahh. Ooh-ooh aah-ahh.

Ooh-ooh aah-ahh. Ooh-ooh aah-ahh. Ooh-ooh aah-aah. Ooh-ooh aah-ahh. Ooh-ooh aah-ahh. Ooh-ooh aah-ahh. Ooh-ooh aah-ahh. Ooh-ooh aah-ahh. Ooh-ooh aah-ahh. Ooh-ooh aah-ahh. Ooh-ooh aah-ahh. Ooh-ooh aah-ahh. Ooh-ooh aah-ahh. Ooh-ooh aah-ahh. Ooh-ooh aah-ahh. Ooh-ooh aah-ahh.

Ooh-ooh aah-ahh. Ooh-ooh aah-ahh. Ooh-ooh aah-aah. Ooh-ooh aah-ahh. Ooh-ooh aah-ahh. Ooh-ooh aah-ahh. Ooh-ooh aah-ahh. Ooh-ooh

FOURTH BOOK OF PROPHECIES

aah-ahh. Ooh-ooh aah-ahh. Ooh-ooh aah-ahh. Ooh-ooh aah-ahh. Ooh-ooh aah-ahh. Ooh-ooh aah-ahh. Ooh-ooh aah-ahh. Ooh-ooh aah-ahh. Ooh-ooh aah-ahh. Ooh-ooh aah-ahh. Ooh-ooh aah-ahh. Ooh-ooh aah-ahh.

Ooh-ooh aah-ahh. Ooh-ooh aah-ahh. Ooh-ooh aah-aah. Ooh-ooh aah-ahh. Ooh-ooh aah-ahh. Ooh-ooh aah-ahh. Ooh-ooh aah-ahh. Ooh-ooh aah-ahh. Ooh-ooh aah-ahh. Ooh-ooh aah-ahh. Ooh-ooh aah-ahh. Ooh-ooh aah-ahh. Ooh-ooh aah-ahh. Ooh-ooh aah-ahh. Ooh-ooh aah-ahh. Ooh-ooh aah-ahh. Ooh-ooh aah-ahh.

Ooh-ooh aah-ahh. Ooh-ooh aah-ahh. Ooh-ooh aah-aah. Ooh-ooh aah-ahh. Ooh-ooh aah-ahh. Ooh-ooh aah-ahh. Ooh-ooh aah-ahh. Ooh-ooh aah-ahh. Ooh-ooh aah-ahh. Ooh-ooh aah-ahh. Ooh-ooh aah-ahh. Ooh-ooh aah-ahh. Ooh-ooh aah-ahh. Ooh-ooh aah-ahh. Ooh-ooh aah-ahh. Ooh-ooh aah-ahh. Ooh-ooh aah-ahh.

Ooh-ooh aah-ahh. Ooh-ooh aah-ahh. Ooh-ooh aah-aah. Ooh-ooh aah-ahh. Ooh-ooh aah-ahh. Ooh-ooh aah-ahh. Ooh-ooh aah-ahh. Ooh-ooh aah-ahh. Ooh-ooh aah-ahh. Ooh-ooh aah-ahh. Ooh-ooh aah-ahh. Ooh-ooh aah-ahh. Ooh-ooh aah-ahh. Ooh-ooh aah-ahh. Ooh-ooh aah-ahh. Ooh-ooh aah-ahh. Ooh-ooh aah-ahh.

FOURTH BOOK OF PROPHECIES

Ooh-ooh aah-ahh. Ooh-ooh aah-ahh. Ooh-ooh aah-aah. Ooh-ooh aah-ahh. Ooh-ooh aah-ahh. Ooh-ooh aah-ahh. Ooh-ooh aah-ahh. Ooh-ooh aah-ahh. Ooh-ooh aah-ahh. Ooh-ooh aah-ahh. Ooh-ooh aah-ahh. Ooh-ooh aah-ahh. Ooh-ooh aah-ahh. Ooh-ooh aah-ahh. Ooh-ooh aah-ahh. Ooh-ooh aah-ahh. Ooh-ooh aah-ahh. Ooh-ooh aah-ahh. Ooh-ooh aah-ahh.

Ooh-ooh aah-ahh. Ooh-ooh aah-ahh. Ooh-ooh aah-aah. Ooh-ooh aah-ahh. Ooh-ooh aah-ahh. Ooh-ooh aah-ahh. Ooh-ooh aah-ahh. Ooh-ooh aah-ahh. Ooh-ooh aah-ahh. Ooh-ooh aah-ahh. Ooh-ooh aah-ahh. Ooh-ooh aah-ahh. Ooh-ooh aah-ahh. Ooh-ooh aah-ahh. Ooh-ooh aah-ahh. Ooh-ooh aah-ahh. Ooh-ooh aah-ahh. Ooh-ooh aah-ahh. Ooh-ooh aah-ahh.

Ooh-ooh aah-ahh. Ooh-ooh aah-ahh. Ooh-ooh aah-aah. Ooh-ooh aah-ahh. Ooh-ooh aah-ahh. Ooh-ooh aah-ahh. Ooh-ooh aah-ahh. Ooh-ooh aah-ahh. Ooh-ooh aah-ahh. Ooh-ooh aah-ahh. Ooh-ooh aah-ahh. Ooh-ooh aah-ahh. Ooh-ooh aah-ahh. Ooh-ooh aah-ahh. Ooh-ooh aah-ahh. Ooh-ooh aah-ahh. Ooh-ooh aah-ahh. Ooh-ooh aah-ahh. Ooh-ooh aah-ahh.

Ooh-ooh aah-ahh. Ooh-ooh aah-ahh. Ooh-ooh aah-aah. Ooh-ooh aah-ahh. Ooh-ooh aah-ahh. Ooh-ooh aah-ahh. Ooh-ooh aah-ahh. Ooh-ooh aah-ahh. Ooh-ooh aah-ahh. Ooh-ooh aah-ahh. Ooh-ooh aah-ahh. Ooh-ooh aah-ahh. Ooh-ooh aah-ahh. Ooh-ooh aah-ahh. Ooh-ooh aah-ahh. Ooh-ooh aah-ahh.

FOURTH BOOK OF PROPHECIES

Ooh-ooh aah-ahh. Ooh-ooh aah-ahh. Ooh-ooh aah-ahh. Ooh-ooh aah-ahh. Ooh-ooh aah-ahh.

Ooh-ooh aah-ahh. Ooh-ooh aah-ahh. Ooh-ooh aah-aah. Ooh-ooh aah-ahh. Ooh-ooh aah-ahh. Ooh-ooh aah-ahh. Ooh-ooh aah-ahh. Ooh-ooh aah-ahh. Ooh-ooh aah-ahh. Ooh-ooh aah-ahh. Ooh-ooh aah-ahh. Ooh-ooh aah-ahh. Ooh-ooh aah-ahh. Ooh-ooh aah-ahh. Ooh-ooh aah-ahh. Ooh-ooh aah-ahh. Ooh-ooh aah-ahh.

Ooh-ooh aah-ahh. Ooh-ooh aah-ahh. Ooh-ooh aah-aah. Ooh-ooh aah-ahh. Ooh-ooh aah-ahh. Ooh-ooh aah-ahh. Ooh-ooh aah-ahh. Ooh-ooh aah-ahh. Ooh-ooh aah-ahh. Ooh-ooh aah-ahh. Ooh-ooh aah-ahh. Ooh-ooh aah-ahh. Ooh-ooh aah-ahh. Ooh-ooh aah-ahh. Ooh-ooh aah-ahh. Ooh-ooh aah-ahh. Ooh-ooh aah-ahh.

Ooh-ooh aah-ahh. Ooh-ooh aah-ahh. Ooh-ooh aah-aah. Ooh-ooh aah-ahh. Ooh-ooh aah-ahh. Ooh-ooh aah-ahh. Ooh-ooh aah-ahh. Ooh-ooh aah-ahh. Ooh-ooh aah-ahh. Ooh-ooh aah-ahh. Ooh-ooh aah-ahh. Ooh-ooh aah-ahh. Ooh-ooh aah-ahh. Ooh-ooh aah-ahh. Ooh-ooh aah-ahh. Ooh-ooh aah-ahh. Ooh-ooh aah-ahh.

Ooh-ooh aah-ahh. Ooh-ooh aah-ahh. Ooh-ooh aah-aah. Ooh-ooh aah-ahh. Ooh-ooh aah-ahh. Ooh-ooh aah-ahh. Ooh-ooh aah-ahh. Ooh-ooh

aah-ahh. Ooh-ooh aah-ahh. Ooh-ooh aah-ahh. Ooh-ooh aah-ahh. Ooh-ooh aah-ahh. Ooh-ooh aah-ahh. Ooh-ooh aah-ahh. Ooh-ooh aah-ahh. Ooh-ooh aah-ahh. Ooh-ooh aah-ahh. Ooh-ooh aah-ahh. Ooh-ooh aah-ahh. Ooh-ooh aah-ahh.

Ooh-ooh aah-ahh. Ooh-ooh aah-ahh. Ooh-ooh aah-aah. Ooh-ooh aah-ahh. Ooh-ooh aah-ahh. Ooh-ooh aah-ahh. Ooh-ooh aah-ahh. Ooh-ooh aah-ahh. Ooh-ooh aah-ahh. Ooh-ooh aah-ahh. Ooh-ooh aah-ahh. Ooh-ooh aah-ahh. Ooh-ooh aah-ahh. Ooh-ooh aah-ahh. Ooh-ooh aah-ahh. Ooh-ooh aah-ahh. Ooh-ooh aah-ahh.

Ooh-ooh aah-ahh. Ooh-ooh aah-ahh. Ooh-ooh aah-aah. Ooh-ooh aah-ahh. Ooh-ooh aah-ahh. Ooh-ooh aah-ahh. Ooh-ooh aah-ahh. Ooh-ooh aah-ahh. Ooh-ooh aah-ahh. Ooh-ooh aah-ahh. Ooh-ooh aah-ahh. Ooh-ooh aah-ahh. Ooh-ooh aah-ahh. Ooh-ooh aah-ahh. Ooh-ooh aah-ahh. Ooh-ooh aah-ahh. Ooh-ooh aah-ahh.

Ooh-ooh aah-ahh. Ooh-ooh aah-ahh. Ooh-ooh aah-aah. Ooh-ooh aah-ahh. Ooh-ooh aah-ahh. Ooh-ooh aah-ahh. Ooh-ooh aah-ahh. Ooh-ooh aah-ahh. Ooh-ooh aah-ahh. Ooh-ooh aah-ahh. Ooh-ooh aah-ahh. Ooh-ooh aah-ahh. Ooh-ooh aah-ahh. Ooh-ooh aah-ahh. Ooh-ooh aah-ahh. Ooh-ooh aah-ahh. Ooh-ooh aah-ahh.

FOURTH BOOK OF PROPHECIES

Ooh-ooh aah-ahh. Ooh-ooh aah-ahh. Ooh-ooh aah-aah. Ooh-ooh aah-ahh. Ooh-ooh aah-ahh. Ooh-ooh aah-ahh. Ooh-ooh aah-ahh. Ooh-ooh aah-ahh. Ooh-ooh aah-ahh. Ooh-ooh aah-ahh. Ooh-ooh aah-ahh. Ooh-ooh aah-ahh. Ooh-ooh aah-ahh. Ooh-ooh aah-ahh. Ooh-ooh aah-ahh. Ooh-ooh aah-ahh. Ooh-ooh aah-ahh. Ooh-ooh aah-ahh.

Ooh-ooh aah-ahh. Ooh-ooh aah-ahh. Ooh-ooh aah-aah. Ooh-ooh aah-ahh. Ooh-ooh aah-ahh. Ooh-ooh aah-ahh. Ooh-ooh aah-ahh. Ooh-ooh aah-ahh. Ooh-ooh aah-ahh. Ooh-ooh aah-ahh. Ooh-ooh aah-ahh. Ooh-ooh aah-ahh. Ooh-ooh aah-ahh. Ooh-ooh aah-ahh. Ooh-ooh aah-ahh. Ooh-ooh aah-ahh. Ooh-ooh aah-ahh. Ooh-ooh aah-ahh.

Ooh-ooh aah-ahh. Ooh-ooh aah-ahh. Ooh-ooh aah-aah. Ooh-ooh aah-ahh. Ooh-ooh aah-ahh. Ooh-ooh aah-ahh. Ooh-ooh aah-ahh. Ooh-ooh aah-ahh. Ooh-ooh aah-ahh. Ooh-ooh aah-ahh. Ooh-ooh aah-ahh. Ooh-ooh aah-ahh. Ooh-ooh aah-ahh. Ooh-ooh aah-ahh. Ooh-ooh aah-ahh. Ooh-ooh aah-ahh. Ooh-ooh aah-ahh. Ooh-ooh aah-ahh.

Ooh-ooh aah-ahh. Ooh-ooh aah-ahh. Ooh-ooh aah-aah. Ooh-ooh aah-ahh. Ooh-ooh aah-ahh. Ooh-ooh aah-ahh. Ooh-ooh aah-ahh. Ooh-ooh aah-ahh. Ooh-ooh aah-ahh. Ooh-ooh aah-ahh. Ooh-ooh aah-ahh. Ooh-ooh aah-ahh. Ooh-ooh aah-ahh. Ooh-ooh aah-ahh. Ooh-ooh aah-ahh.

FOURTH BOOK OF PROPHECIES

Ooh-ooh aah-ahh. Ooh-ooh aah-ahh. Ooh-ooh aah-ahh. Ooh-ooh aah-ahh. Ooh-ooh aah-ahh.

Ooh-ooh aah-ahh. Ooh-ooh aah-ahh. Ooh-ooh aah-aah. Ooh-ooh aah-ahh. Ooh-ooh aah-ahh. Ooh-ooh aah-ahh. Ooh-ooh aah-ahh. Ooh-ooh aah-ahh. Ooh-ooh aah-ahh. Ooh-ooh aah-ahh. Ooh-ooh aah-ahh. Ooh-ooh aah-ahh. Ooh-ooh aah-ahh. Ooh-ooh aah-ahh. Ooh-ooh aah-ahh. Ooh-ooh aah-ahh. Ooh-ooh aah-ahh.

Ooh-ooh aah-ahh. Ooh-ooh aah-ahh. Ooh-ooh aah-aah. Ooh-ooh aah-ahh. Ooh-ooh aah-ahh. Ooh-ooh aah-ahh. Ooh-ooh aah-ahh. Ooh-ooh aah-ahh. Ooh-ooh aah-ahh. Ooh-ooh aah-ahh. Ooh-ooh aah-ahh. Ooh-ooh aah-ahh. Ooh-ooh aah-ahh. Ooh-ooh aah-ahh. Ooh-ooh aah-ahh. Ooh-ooh aah-ahh. Ooh-ooh aah-ahh.

Ooh-ooh aah-ahh. Ooh-ooh aah-ahh. Ooh-ooh aah-aah. Ooh-ooh aah-ahh. Ooh-ooh aah-ahh. Ooh-ooh aah-ahh. Ooh-ooh aah-ahh. Ooh-ooh aah-ahh. Ooh-ooh aah-ahh. Ooh-ooh aah-ahh. Ooh-ooh aah-ahh. Ooh-ooh aah-ahh. Ooh-ooh aah-ahh. Ooh-ooh aah-ahh. Ooh-ooh aah-ahh. Ooh-ooh aah-ahh. Ooh-ooh aah-ahh.

Ooh-ooh aah-ahh. Ooh-ooh aah-ahh. Ooh-ooh aah-aah. Ooh-ooh aah-ahh. Ooh-ooh aah-ahh. Ooh-ooh aah-ahh. Ooh-ooh aah-ahh. Ooh-ooh

aah-ahh. Ooh-ooh aah-ahh. Ooh-ooh aah-ahh. Ooh-ooh aah-ahh. Ooh-ooh aah-ahh. Ooh-ooh aah-ahh. Ooh-ooh aah-ahh. Ooh-ooh aah-ahh. Ooh-ooh aah-ahh. Ooh-ooh aah-ahh. Ooh-ooh aah-ahh. Ooh-ooh aah-ahh. Ooh-ooh aah-ahh.

FIFTH BOOK OF PROPHECIES

Ooh-ooh aah-ahh. Ooh-ooh aah-ahh. Ooh-ooh aah-aah. Ooh-ooh aah-ahh. Ooh-ooh aah-ahh. Ooh-ooh aah-ahh. Ooh-ooh aah-ahh. Ooh-ooh aah-ahh. Ooh-ooh aah-ahh. Ooh-ooh aah-ahh. Ooh-ooh aah-ahh. Ooh-ooh aah-ahh. Ooh-ooh aah-ahh. Ooh-ooh aah-ahh. Ooh-ooh aah-ahh. Ooh-ooh aah-ahh.

Ooh-ooh aah-ahh. Ooh-ooh aah-ahh. Ooh-ooh aah-aah. Ooh-ooh aah-ahh. Ooh-ooh aah-ahh. Ooh-ooh aah-ahh. Ooh-ooh aah-ahh. Ooh-ooh aah-ahh. Ooh-ooh aah-ahh. Ooh-ooh aah-ahh. Ooh-ooh aah-ahh. Ooh-ooh aah-ahh. Ooh-ooh aah-ahh. Ooh-ooh aah-ahh. Ooh-ooh aah-ahh. Ooh-ooh aah-ahh. Ooh-ooh aah-ahh. Ooh-ooh aah-ahh.

FIFTH BOOK OF PROPHECIES

Ooh-ooh aah-ahh. Ooh-ooh aah-ahh. Ooh-ooh aah-aah. Ooh-ooh aah-ahh. Ooh-ooh aah-ahh. Ooh-ooh aah-ahh. Ooh-ooh aah-ahh. Ooh-ooh aah-ahh. Ooh-ooh aah-ahh. Ooh-ooh aah-ahh. Ooh-ooh aah-ahh. Ooh-ooh aah-ahh. Ooh-ooh aah-ahh. Ooh-ooh aah-ahh. Ooh-ooh aah-ahh. Ooh-ooh aah-ahh. Ooh-ooh aah-ahh. Ooh-ooh aah-ahh.

Ooh-ooh aah-ahh. Ooh-ooh aah-ahh. Ooh-ooh aah-aah. Ooh-ooh aah-ahh. Ooh-ooh aah-ahh. Ooh-ooh aah-ahh. Ooh-ooh aah-ahh. Ooh-ooh aah-ahh. Ooh-ooh aah-ahh. Ooh-ooh aah-ahh. Ooh-ooh aah-ahh. Ooh-ooh aah-ahh. Ooh-ooh aah-ahh. Ooh-ooh aah-ahh. Ooh-ooh aah-ahh. Ooh-ooh aah-ahh. Ooh-ooh aah-ahh. Ooh-ooh aah-ahh.

Ooh-ooh aah-ahh. Ooh-ooh aah-ahh. Ooh-ooh aah-aah. Ooh-ooh aah-ahh. Ooh-ooh aah-ahh. Ooh-ooh aah-ahh. Ooh-ooh aah-ahh. Ooh-ooh aah-ahh. Ooh-ooh aah-ahh. Ooh-ooh aah-ahh. Ooh-ooh aah-ahh. Ooh-ooh aah-ahh. Ooh-ooh aah-ahh. Ooh-ooh aah-ahh. Ooh-ooh aah-ahh. Ooh-ooh aah-ahh. Ooh-ooh aah-ahh. Ooh-ooh aah-ahh.

Ooh-ooh aah-ahh. Ooh-ooh aah-ahh. Ooh-ooh aah-aah. Ooh-ooh aah-ahh. Ooh-ooh aah-ahh. Ooh-ooh aah-ahh. Ooh-ooh aah-ahh. Ooh-ooh aah-ahh. Ooh-ooh aah-ahh. Ooh-ooh aah-ahh. Ooh-ooh aah-ahh. Ooh-ooh aah-ahh. Ooh-ooh aah-ahh. Ooh-ooh aah-ahh. Ooh-ooh aah-ahh. Ooh-ooh aah-ahh. Ooh-ooh aah-ahh.

FIFTH BOOK OF PROPHECIES

Ooh-ooh aah-ahh. Ooh-ooh aah-ahh. Ooh-ooh aah-ahh. Ooh-ooh aah-ahh. Ooh-ooh aah-ahh.

Ooh-ooh aah-ahh. Ooh-ooh aah-ahh. Ooh-ooh aah-aah. Ooh-ooh aah-ahh. Ooh-ooh aah-ahh. Ooh-ooh aah-ahh. Ooh-ooh aah-ahh. Ooh-ooh aah-ahh. Ooh-ooh aah-ahh. Ooh-ooh aah-ahh. Ooh-ooh aah-ahh. Ooh-ooh aah-ahh. Ooh-ooh aah-ahh. Ooh-ooh aah-ahh. Ooh-ooh aah-ahh. Ooh-ooh aah-ahh. Ooh-ooh aah-ahh.

Ooh-ooh aah-ahh. Ooh-ooh aah-ahh. Ooh-ooh aah-aah. Ooh-ooh aah-ahh. Ooh-ooh aah-ahh. Ooh-ooh aah-ahh. Ooh-ooh aah-ahh. Ooh-ooh aah-ahh. Ooh-ooh aah-ahh. Ooh-ooh aah-ahh. Ooh-ooh aah-ahh. Ooh-ooh aah-ahh. Ooh-ooh aah-ahh. Ooh-ooh aah-ahh. Ooh-ooh aah-ahh. Ooh-ooh aah-ahh. Ooh-ooh aah-ahh.

Ooh-ooh aah-ahh. Ooh-ooh aah-ahh. Ooh-ooh aah-aah. Ooh-ooh aah-ahh. Ooh-ooh aah-ahh. Ooh-ooh aah-ahh. Ooh-ooh aah-ahh. Ooh-ooh aah-ahh. Ooh-ooh aah-ahh. Ooh-ooh aah-ahh. Ooh-ooh aah-ahh. Ooh-ooh aah-ahh. Ooh-ooh aah-ahh. Ooh-ooh aah-ahh. Ooh-ooh aah-ahh. Ooh-ooh aah-ahh. Ooh-ooh aah-ahh.

Ooh-ooh aah-ahh. Ooh-ooh aah-ahh. Ooh-ooh aah-aah. Ooh-ooh aah-ahh. Ooh-ooh aah-ahh. Ooh-ooh aah-ahh. Ooh-ooh aah-ahh. Ooh-ooh

FIFTH BOOK OF PROPHECIES

aah-ahh. Ooh-ooh aah-ahh. Ooh-ooh aah-ahh. Ooh-ooh aah-ahh. Ooh-ooh aah-ahh. Ooh-ooh aah-ahh. Ooh-ooh aah-ahh. Ooh-ooh aah-ahh. Ooh-ooh aah-ahh. Ooh-ooh aah-ahh. Ooh-ooh aah-ahh. Ooh-ooh aah-ahh.

Ooh-ooh aah-ahh. Ooh-ooh aah-ahh. Ooh-ooh aah-aah. Ooh-ooh aah-ahh. Ooh-ooh aah-ahh. Ooh-ooh aah-ahh. Ooh-ooh aah-ahh. Ooh-ooh aah-ahh. Ooh-ooh aah-ahh. Ooh-ooh aah-ahh. Ooh-ooh aah-ahh. Ooh-ooh aah-ahh. Ooh-ooh aah-ahh. Ooh-ooh aah-ahh. Ooh-ooh aah-ahh. Ooh-ooh aah-ahh. Ooh-ooh aah-ahh.

Ooh-ooh aah-ahh. Ooh-ooh aah-ahh. Ooh-ooh aah-aah. Ooh-ooh aah-ahh. Ooh-ooh aah-ahh. Ooh-ooh aah-ahh. Ooh-ooh aah-ahh. Ooh-ooh aah-ahh. Ooh-ooh aah-ahh. Ooh-ooh aah-ahh. Ooh-ooh aah-ahh. Ooh-ooh aah-ahh. Ooh-ooh aah-ahh. Ooh-ooh aah-ahh. Ooh-ooh aah-ahh. Ooh-ooh aah-ahh. Ooh-ooh aah-ahh.

Ooh-ooh aah-ahh. Ooh-ooh aah-ahh. Ooh-ooh aah-aah. Ooh-ooh aah-ahh. Ooh-ooh aah-ahh. Ooh-ooh aah-ahh. Ooh-ooh aah-ahh. Ooh-ooh aah-ahh. Ooh-ooh aah-ahh. Ooh-ooh aah-ahh. Ooh-ooh aah-ahh. Ooh-ooh aah-ahh. Ooh-ooh aah-ahh. Ooh-ooh aah-ahh. Ooh-ooh aah-ahh. Ooh-ooh aah-ahh. Ooh-ooh aah-ahh.

FIFTH BOOK OF PROPHECIES

Ooh-ooh aah-ahh. Ooh-ooh aah-ahh. Ooh-ooh aah-aah. Ooh-ooh aah-ahh. Ooh-ooh aah-ahh. Ooh-ooh aah-ahh. Ooh-ooh aah-ahh. Ooh-ooh aah-ahh. Ooh-ooh aah-ahh. Ooh-ooh aah-ahh. Ooh-ooh aah-ahh. Ooh-ooh aah-ahh. Ooh-ooh aah-ahh. Ooh-ooh aah-ahh. Ooh-ooh aah-ahh. Ooh-ooh aah-ahh. Ooh-ooh aah-ahh. Ooh-ooh aah-ahh.

Ooh-ooh aah-ahh. Ooh-ooh aah-ahh. Ooh-ooh aah-aah. Ooh-ooh aah-ahh. Ooh-ooh aah-ahh. Ooh-ooh aah-ahh. Ooh-ooh aah-ahh. Ooh-ooh aah-ahh. Ooh-ooh aah-ahh. Ooh-ooh aah-ahh. Ooh-ooh aah-ahh. Ooh-ooh aah-ahh. Ooh-ooh aah-ahh. Ooh-ooh aah-ahh. Ooh-ooh aah-ahh. Ooh-ooh aah-ahh. Ooh-ooh aah-ahh. Ooh-ooh aah-ahh.

Ooh-ooh aah-ahh. Ooh-ooh aah-ahh. Ooh-ooh aah-aah. Ooh-ooh aah-ahh. Ooh-ooh aah-ahh. Ooh-ooh aah-ahh. Ooh-ooh aah-ahh. Ooh-ooh aah-ahh. Ooh-ooh aah-ahh. Ooh-ooh aah-ahh. Ooh-ooh aah-ahh. Ooh-ooh aah-ahh. Ooh-ooh aah-ahh. Ooh-ooh aah-ahh. Ooh-ooh aah-ahh. Ooh-ooh aah-ahh. Ooh-ooh aah-ahh. Ooh-ooh aah-ahh.

Ooh-ooh aah-ahh. Ooh-ooh aah-ahh. Ooh-ooh aah-aah. Ooh-ooh aah-ahh. Ooh-ooh aah-ahh. Ooh-ooh aah-ahh. Ooh-ooh aah-ahh. Ooh-ooh aah-ahh. Ooh-ooh aah-ahh. Ooh-ooh aah-ahh. Ooh-ooh aah-ahh. Ooh-ooh aah-ahh. Ooh-ooh aah-ahh. Ooh-ooh aah-ahh. Ooh-ooh aah-ahh.

FIFTH BOOK OF PROPHECIES

Ooh-ooh aah-ahh. Ooh-ooh aah-ahh. Ooh-ooh aah-ahh. Ooh-ooh aah-ahh. Ooh-ooh aah-ahh.

Ooh-ooh aah-ahh. Ooh-ooh aah-ahh. Ooh-ooh aah-aah. Ooh-ooh aah-ahh. Ooh-ooh aah-ahh. Ooh-ooh aah-ahh. Ooh-ooh aah-ahh. Ooh-ooh aah-ahh. Ooh-ooh aah-ahh. Ooh-ooh aah-ahh. Ooh-ooh aah-ahh. Ooh-ooh aah-ahh. Ooh-ooh aah-ahh. Ooh-ooh aah-ahh. Ooh-ooh aah-ahh. Ooh-ooh aah-ahh. Ooh-ooh aah-ahh.

Ooh-ooh aah-ahh. Ooh-ooh aah-ahh. Ooh-ooh aah-aah. Ooh-ooh aah-ahh. Ooh-ooh aah-ahh. Ooh-ooh aah-ahh. Ooh-ooh aah-ahh. Ooh-ooh aah-ahh. Ooh-ooh aah-ahh. Ooh-ooh aah-ahh. Ooh-ooh aah-ahh. Ooh-ooh aah-ahh. Ooh-ooh aah-ahh. Ooh-ooh aah-ahh. Ooh-ooh aah-ahh. Ooh-ooh aah-ahh. Ooh-ooh aah-ahh.

Ooh-ooh aah-ahh. Ooh-ooh aah-ahh. Ooh-ooh aah-aah. Ooh-ooh aah-ahh. Ooh-ooh aah-ahh. Ooh-ooh aah-ahh. Ooh-ooh aah-ahh. Ooh-ooh aah-ahh. Ooh-ooh aah-ahh. Ooh-ooh aah-ahh. Ooh-ooh aah-ahh. Ooh-ooh aah-ahh. Ooh-ooh aah-ahh. Ooh-ooh aah-ahh. Ooh-ooh aah-ahh. Ooh-ooh aah-ahh. Ooh-ooh aah-ahh.

Ooh-ooh aah-ahh. Ooh-ooh aah-ahh. Ooh-ooh aah-aah. Ooh-ooh aah-ahh. Ooh-ooh aah-ahh. Ooh-ooh aah-ahh. Ooh-ooh aah-ahh. Ooh-ooh

aah-ahh. Ooh-ooh aah-ahh. Ooh-ooh aah-ahh.
Ooh-ooh aah-ahh. Ooh-ooh aah-ahh. Ooh-ooh
aah-ahh. Ooh-ooh aah-ahh. Ooh-ooh aah-ahh.
Ooh-ooh aah-ahh. Ooh-ooh aah-ahh. Ooh-ooh
aah-ahh. Ooh-ooh aah-ahh. Ooh-ooh aah-ahh.

Ooh-ooh aah-ahh. Ooh-ooh aah-ahh. Ooh-ooh
aah-aah. Ooh-ooh aah-ahh. Ooh-ooh aah-ahh.
Ooh-ooh aah-ahh. Ooh-ooh aah-ahh. Ooh-ooh
aah-ahh. Ooh-ooh aah-ahh. Ooh-ooh aah-ahh.
Ooh-ooh aah-ahh. Ooh-ooh aah-ahh. Ooh-ooh
aah-ahh. Ooh-ooh aah-ahh. Ooh-ooh aah-ahh.
Ooh-ooh aah-ahh. Ooh-ooh aah-ahh. Ooh-ooh
aah-ahh. Ooh-ooh aah-ahh. Ooh-ooh aah-ahh.

Ooh-ooh aah-ahh. Ooh-ooh aah-ahh. Ooh-ooh
aah-aah. Ooh-ooh aah-ahh. Ooh-ooh aah-ahh.
Ooh-ooh aah-ahh. Ooh-ooh aah-ahh. Ooh-ooh
aah-ahh. Ooh-ooh aah-ahh. Ooh-ooh aah-ahh.
Ooh-ooh aah-ahh. Ooh-ooh aah-ahh. Ooh-ooh
aah-ahh. Ooh-ooh aah-ahh. Ooh-ooh aah-ahh.
Ooh-ooh aah-ahh. Ooh-ooh aah-ahh. Ooh-ooh
aah-ahh. Ooh-ooh aah-ahh. Ooh-ooh aah-ahh.

Ooh-ooh aah-ahh. Ooh-ooh aah-ahh. Ooh-ooh
aah-aah. Ooh-ooh aah-ahh. Ooh-ooh aah-ahh.
Ooh-ooh aah-ahh. Ooh-ooh aah-ahh. Ooh-ooh
aah-ahh. Ooh-ooh aah-ahh. Ooh-ooh aah-ahh.
Ooh-ooh aah-ahh. Ooh-ooh aah-ahh. Ooh-ooh
aah-ahh. Ooh-ooh aah-ahh. Ooh-ooh aah-ahh.
Ooh-ooh aah-ahh. Ooh-ooh aah-ahh. Ooh-ooh
aah-ahh. Ooh-ooh aah-ahh. Ooh-ooh aah-ahh.

FIFTH BOOK OF PROPHECIES

Ooh-ooh aah-ahh. Ooh-ooh aah-ahh. Ooh-ooh aah-aah. Ooh-ooh aah-ahh. Ooh-ooh aah-ahh. Ooh-ooh aah-ahh. Ooh-ooh aah-ahh. Ooh-ooh aah-ahh. Ooh-ooh aah-ahh. Ooh-ooh aah-ahh. Ooh-ooh aah-ahh. Ooh-ooh aah-ahh. Ooh-ooh aah-ahh. Ooh-ooh aah-ahh. Ooh-ooh aah-ahh. Ooh-ooh aah-ahh. Ooh-ooh aah-ahh. Ooh-ooh aah-ahh.

Ooh-ooh aah-ahh. Ooh-ooh aah-ahh. Ooh-ooh aah-aah. Ooh-ooh aah-ahh. Ooh-ooh aah-ahh. Ooh-ooh aah-ahh. Ooh-ooh aah-ahh. Ooh-ooh aah-ahh. Ooh-ooh aah-ahh. Ooh-ooh aah-ahh. Ooh-ooh aah-ahh. Ooh-ooh aah-ahh. Ooh-ooh aah-ahh. Ooh-ooh aah-ahh. Ooh-ooh aah-ahh. Ooh-ooh aah-ahh. Ooh-ooh aah-ahh. Ooh-ooh aah-ahh.

Ooh-ooh aah-ahh. Ooh-ooh aah-ahh. Ooh-ooh aah-aah. Ooh-ooh aah-ahh. Ooh-ooh aah-ahh. Ooh-ooh aah-ahh. Ooh-ooh aah-ahh. Ooh-ooh aah-ahh. Ooh-ooh aah-ahh. Ooh-ooh aah-ahh. Ooh-ooh aah-ahh. Ooh-ooh aah-ahh. Ooh-ooh aah-ahh. Ooh-ooh aah-ahh. Ooh-ooh aah-ahh. Ooh-ooh aah-ahh. Ooh-ooh aah-ahh. Ooh-ooh aah-ahh.

Ooh-ooh aah-ahh. Ooh-ooh aah-ahh. Ooh-ooh aah-aah. Ooh-ooh aah-ahh. Ooh-ooh aah-ahh. Ooh-ooh aah-ahh. Ooh-ooh aah-ahh. Ooh-ooh aah-ahh. Ooh-ooh aah-ahh. Ooh-ooh aah-ahh. Ooh-ooh aah-ahh. Ooh-ooh aah-ahh. Ooh-ooh aah-ahh. Ooh-ooh aah-ahh. Ooh-ooh aah-ahh.

FIFTH BOOK OF PROPHECIES

Ooh-ooh aah-ahh. Ooh-ooh aah-ahh. Ooh-ooh aah-ahh. Ooh-ooh aah-ahh. Ooh-ooh aah-ahh.

Ooh-ooh aah-ahh. Ooh-ooh aah-ahh. Ooh-ooh aah-aah. Ooh-ooh aah-ahh. Ooh-ooh aah-ahh. Ooh-ooh aah-ahh. Ooh-ooh aah-ahh. Ooh-ooh aah-ahh. Ooh-ooh aah-ahh. Ooh-ooh aah-ahh. Ooh-ooh aah-ahh. Ooh-ooh aah-ahh. Ooh-ooh aah-ahh. Ooh-ooh aah-ahh. Ooh-ooh aah-ahh. Ooh-ooh aah-ahh. Ooh-ooh aah-ahh.

Ooh-ooh aah-ahh. Ooh-ooh aah-ahh. Ooh-ooh aah-aah. Ooh-ooh aah-ahh. Ooh-ooh aah-ahh. Ooh-ooh aah-ahh. Ooh-ooh aah-ahh. Ooh-ooh aah-ahh. Ooh-ooh aah-ahh. Ooh-ooh aah-ahh. Ooh-ooh aah-ahh. Ooh-ooh aah-ahh. Ooh-ooh aah-ahh. Ooh-ooh aah-ahh. Ooh-ooh aah-ahh. Ooh-ooh aah-ahh. Ooh-ooh aah-ahh.

Ooh-ooh aah-ahh. Ooh-ooh aah-ahh. Ooh-ooh aah-aah. Ooh-ooh aah-ahh. Ooh-ooh aah-ahh. Ooh-ooh aah-ahh. Ooh-ooh aah-ahh. Ooh-ooh aah-ahh. Ooh-ooh aah-ahh. Ooh-ooh aah-ahh. Ooh-ooh aah-ahh. Ooh-ooh aah-ahh. Ooh-ooh aah-ahh. Ooh-ooh aah-ahh. Ooh-ooh aah-ahh. Ooh-ooh aah-ahh. Ooh-ooh aah-ahh.

Ooh-ooh aah-ahh. Ooh-ooh aah-ahh. Ooh-ooh aah-aah. Ooh-ooh aah-ahh. Ooh-ooh aah-ahh. Ooh-ooh aah-ahh. Ooh-ooh aah-ahh. Ooh-ooh

FIFTH BOOK OF PROPHECIES

aah-ahh. Ooh-ooh aah-ahh. Ooh-ooh aah-ahh. Ooh-ooh aah-ahh. Ooh-ooh aah-ahh. Ooh-ooh aah-ahh. Ooh-ooh aah-ahh. Ooh-ooh aah-ahh. Ooh-ooh aah-ahh. Ooh-ooh aah-ahh. Ooh-ooh aah-ahh. Ooh-ooh aah-ahh. Ooh-ooh aah-ahh.

Ooh-ooh aah-ahh. Ooh-ooh aah-ahh. Ooh-ooh aah-aah. Ooh-ooh aah-ahh. Ooh-ooh aah-ahh. Ooh-ooh aah-ahh. Ooh-ooh aah-ahh. Ooh-ooh aah-ahh. Ooh-ooh aah-ahh. Ooh-ooh aah-ahh. Ooh-ooh aah-ahh. Ooh-ooh aah-ahh. Ooh-ooh aah-ahh. Ooh-ooh aah-ahh. Ooh-ooh aah-ahh. Ooh-ooh aah-ahh. Ooh-ooh aah-ahh.

Ooh-ooh aah-ahh. Ooh-ooh aah-ahh. Ooh-ooh aah-aah. Ooh-ooh aah-ahh. Ooh-ooh aah-ahh. Ooh-ooh aah-ahh. Ooh-ooh aah-ahh. Ooh-ooh aah-ahh. Ooh-ooh aah-ahh. Ooh-ooh aah-ahh. Ooh-ooh aah-ahh. Ooh-ooh aah-ahh. Ooh-ooh aah-ahh. Ooh-ooh aah-ahh. Ooh-ooh aah-ahh. Ooh-ooh aah-ahh. Ooh-ooh aah-ahh.

Ooh-ooh aah-ahh. Ooh-ooh aah-ahh. Ooh-ooh aah-aah. Ooh-ooh aah-ahh. Ooh-ooh aah-ahh. Ooh-ooh aah-ahh. Ooh-ooh aah-ahh. Ooh-ooh aah-ahh. Ooh-ooh aah-ahh. Ooh-ooh aah-ahh. Ooh-ooh aah-ahh. Ooh-ooh aah-ahh. Ooh-ooh aah-ahh. Ooh-ooh aah-ahh. Ooh-ooh aah-ahh. Ooh-ooh aah-ahh. Ooh-ooh aah-ahh.

FIFTH BOOK OF PROPHECIES

Ooh-ooh aah-ahh. Ooh-ooh aah-ahh. Ooh-ooh aah-aah. Ooh-ooh aah-ahh. Ooh-ooh aah-ahh. Ooh-ooh aah-ahh. Ooh-ooh aah-ahh. Ooh-ooh aah-ahh. Ooh-ooh aah-ahh. Ooh-ooh aah-ahh. Ooh-ooh aah-ahh. Ooh-ooh aah-ahh. Ooh-ooh aah-ahh. Ooh-ooh aah-ahh. Ooh-ooh aah-ahh. Ooh-ooh aah-ahh. Ooh-ooh aah-ahh. Ooh-ooh aah-ahh.

Ooh-ooh aah-ahh. Ooh-ooh aah-ahh. Ooh-ooh aah-aah. Ooh-ooh aah-ahh. Ooh-ooh aah-ahh. Ooh-ooh aah-ahh. Ooh-ooh aah-ahh. Ooh-ooh aah-ahh. Ooh-ooh aah-ahh. Ooh-ooh aah-ahh. Ooh-ooh aah-ahh. Ooh-ooh aah-ahh. Ooh-ooh aah-ahh. Ooh-ooh aah-ahh. Ooh-ooh aah-ahh. Ooh-ooh aah-ahh. Ooh-ooh aah-ahh. Ooh-ooh aah-ahh.

Ooh-ooh aah-ahh. Ooh-ooh aah-ahh. Ooh-ooh aah-aah. Ooh-ooh aah-ahh. Ooh-ooh aah-ahh. Ooh-ooh aah-ahh. Ooh-ooh aah-ahh. Ooh-ooh aah-ahh. Ooh-ooh aah-ahh. Ooh-ooh aah-ahh. Ooh-ooh aah-ahh. Ooh-ooh aah-ahh. Ooh-ooh aah-ahh. Ooh-ooh aah-ahh. Ooh-ooh aah-ahh. Ooh-ooh aah-ahh. Ooh-ooh aah-ahh. Ooh-ooh aah-ahh.

Ooh-ooh aah-ahh. Ooh-ooh aah-ahh. Ooh-ooh aah-aah. Ooh-ooh aah-ahh. Ooh-ooh aah-ahh. Ooh-ooh aah-ahh. Ooh-ooh aah-ahh. Ooh-ooh aah-ahh. Ooh-ooh aah-ahh. Ooh-ooh aah-ahh. Ooh-ooh aah-ahh. Ooh-ooh aah-ahh. Ooh-ooh aah-ahh. Ooh-ooh aah-ahh. Ooh-ooh aah-ahh. Ooh-ooh aah-ahh.

FIFTH BOOK OF PROPHECIES

Ooh-ooh aah-ahh. Ooh-ooh aah-ahh. Ooh-ooh aah-ahh. Ooh-ooh aah-ahh. Ooh-ooh aah-ahh.

Ooh-ooh aah-ahh. Ooh-ooh aah-ahh. Ooh-ooh aah-aah. Ooh-ooh aah-ahh. Ooh-ooh aah-ahh. Ooh-ooh aah-ahh. Ooh-ooh aah-ahh. Ooh-ooh aah-ahh. Ooh-ooh aah-ahh. Ooh-ooh aah-ahh. Ooh-ooh aah-ahh. Ooh-ooh aah-ahh. Ooh-ooh aah-ahh. Ooh-ooh aah-ahh. Ooh-ooh aah-ahh. Ooh-ooh aah-ahh.

Ooh-ooh aah-ahh. Ooh-ooh aah-ahh. Ooh-ooh aah-aah. Ooh-ooh aah-ahh. Ooh-ooh aah-ahh. Ooh-ooh aah-ahh. Ooh-ooh aah-ahh. Ooh-ooh aah-ahh. Ooh-ooh aah-ahh. Ooh-ooh aah-ahh. Ooh-ooh aah-ahh. Ooh-ooh aah-ahh. Ooh-ooh aah-ahh. Ooh-ooh aah-ahh. Ooh-ooh aah-ahh. Ooh-ooh aah-ahh.

Ooh-ooh aah-ahh. Ooh-ooh aah-ahh. Ooh-ooh aah-aah. Ooh-ooh aah-ahh. Ooh-ooh aah-ahh. Ooh-ooh aah-ahh. Ooh-ooh aah-ahh. Ooh-ooh aah-ahh. Ooh-ooh aah-ahh. Ooh-ooh aah-ahh. Ooh-ooh aah-ahh. Ooh-ooh aah-ahh. Ooh-ooh aah-ahh. Ooh-ooh aah-ahh. Ooh-ooh aah-ahh. Ooh-ooh aah-ahh.

Ooh-ooh aah-ahh. Ooh-ooh aah-ahh. Ooh-ooh aah-aah. Ooh-ooh aah-ahh. Ooh-ooh aah-ahh. Ooh-ooh aah-ahh. Ooh-ooh aah-ahh. Ooh-ooh

FIFTH BOOK OF PROPHECIES

aah-ahh. Ooh-ooh aah-ahh. Ooh-ooh aah-ahh.
Ooh-ooh aah-ahh. Ooh-ooh aah-ahh. Ooh-ooh
aah-ahh. Ooh-ooh aah-ahh. Ooh-ooh aah-ahh.
Ooh-ooh aah-ahh. Ooh-ooh aah-ahh. Ooh-ooh
aah-ahh. Ooh-ooh aah-ahh. Ooh-ooh aah-ahh.

Ooh-ooh aah-ahh. Ooh-ooh aah-ahh. Ooh-ooh
aah-aah. Ooh-ooh aah-ahh. Ooh-ooh aah-ahh.
Ooh-ooh aah-ahh. Ooh-ooh aah-ahh. Ooh-ooh
aah-ahh. Ooh-ooh aah-ahh. Ooh-ooh aah-ahh.
Ooh-ooh aah-ahh. Ooh-ooh aah-ahh. Ooh-ooh
aah-ahh. Ooh-ooh aah-ahh. Ooh-ooh aah-ahh.
Ooh-ooh aah-ahh. Ooh-ooh aah-ahh. Ooh-ooh
aah-ahh. Ooh-ooh aah-ahh. Ooh-ooh aah-ahh.

Ooh-ooh aah-ahh. Ooh-ooh aah-ahh. Ooh-ooh
aah-aah. Ooh-ooh aah-ahh. Ooh-ooh aah-ahh.
Ooh-ooh aah-ahh. Ooh-ooh aah-ahh. Ooh-ooh
aah-ahh. Ooh-ooh aah-ahh. Ooh-ooh aah-ahh.
Ooh-ooh aah-ahh. Ooh-ooh aah-ahh. Ooh-ooh
aah-ahh. Ooh-ooh aah-ahh. Ooh-ooh aah-ahh.
Ooh-ooh aah-ahh. Ooh-ooh aah-ahh. Ooh-ooh
aah-ahh. Ooh-ooh aah-ahh. Ooh-ooh aah-ahh.

Ooh-ooh aah-ahh. Ooh-ooh aah-ahh. Ooh-ooh
aah-aah. Ooh-ooh aah-ahh. Ooh-ooh aah-ahh.
Ooh-ooh aah-ahh. Ooh-ooh aah-ahh. Ooh-ooh
aah-ahh. Ooh-ooh aah-ahh. Ooh-ooh aah-ahh.
Ooh-ooh aah-ahh. Ooh-ooh aah-ahh. Ooh-ooh
aah-ahh. Ooh-ooh aah-ahh. Ooh-ooh aah-ahh.
Ooh-ooh aah-ahh. Ooh-ooh aah-ahh. Ooh-ooh
aah-ahh. Ooh-ooh aah-ahh. Ooh-ooh aah-ahh.

FIFTH BOOK OF PROPHECIES

Ooh-ooh aah-ahh. Ooh-ooh aah-ahh. Ooh-ooh aah-aah. Ooh-ooh aah-ahh. Ooh-ooh aah-ahh. Ooh-ooh aah-ahh. Ooh-ooh aah-ahh. Ooh-ooh aah-ahh. Ooh-ooh aah-ahh. Ooh-ooh aah-ahh. Ooh-ooh aah-ahh. Ooh-ooh aah-ahh. Ooh-ooh aah-ahh. Ooh-ooh aah-ahh. Ooh-ooh aah-ahh. Ooh-ooh aah-ahh. Ooh-ooh aah-ahh. Ooh-ooh aah-ahh.

Ooh-ooh aah-ahh. Ooh-ooh aah-ahh. Ooh-ooh aah-aah. Ooh-ooh aah-ahh. Ooh-ooh aah-ahh. Ooh-ooh aah-ahh. Ooh-ooh aah-ahh. Ooh-ooh aah-ahh. Ooh-ooh aah-ahh. Ooh-ooh aah-ahh. Ooh-ooh aah-ahh. Ooh-ooh aah-ahh. Ooh-ooh aah-ahh. Ooh-ooh aah-ahh. Ooh-ooh aah-ahh. Ooh-ooh aah-ahh. Ooh-ooh aah-ahh. Ooh-ooh aah-ahh.

Ooh-ooh aah-ahh. Ooh-ooh aah-ahh. Ooh-ooh aah-aah. Ooh-ooh aah-ahh. Ooh-ooh aah-ahh. Ooh-ooh aah-ahh. Ooh-ooh aah-ahh. Ooh-ooh aah-ahh. Ooh-ooh aah-ahh. Ooh-ooh aah-ahh. Ooh-ooh aah-ahh. Ooh-ooh aah-ahh. Ooh-ooh aah-ahh. Ooh-ooh aah-ahh. Ooh-ooh aah-ahh. Ooh-ooh aah-ahh. Ooh-ooh aah-ahh. Ooh-ooh aah-ahh.

Ooh-ooh aah-ahh. Ooh-ooh aah-ahh. Ooh-ooh aah-aah. Ooh-ooh aah-ahh. Ooh-ooh aah-ahh. Ooh-ooh aah-ahh. Ooh-ooh aah-ahh. Ooh-ooh aah-ahh. Ooh-ooh aah-ahh. Ooh-ooh aah-ahh. Ooh-ooh aah-ahh. Ooh-ooh aah-ahh. Ooh-ooh aah-ahh. Ooh-ooh aah-ahh. Ooh-ooh aah-ahh. Ooh-ooh aah-ahh.

FIFTH BOOK OF PROPHECIES

Ooh-ooh aah-ahh. Ooh-ooh aah-ahh. Ooh-ooh aah-ahh. Ooh-ooh aah-ahh. Ooh-ooh aah-ahh.

Ooh-ooh aah-ahh. Ooh-ooh aah-ahh. Ooh-ooh aah-aah. Ooh-ooh aah-ahh. Ooh-ooh aah-ahh. Ooh-ooh aah-ahh. Ooh-ooh aah-ahh. Ooh-ooh aah-ahh. Ooh-ooh aah-ahh. Ooh-ooh aah-ahh. Ooh-ooh aah-ahh. Ooh-ooh aah-ahh. Ooh-ooh aah-ahh. Ooh-ooh aah-ahh. Ooh-ooh aah-ahh. Ooh-ooh aah-ahh. Ooh-ooh aah-ahh.

Ooh-ooh aah-ahh. Ooh-ooh aah-ahh. Ooh-ooh aah-aah. Ooh-ooh aah-ahh. Ooh-ooh aah-ahh. Ooh-ooh aah-ahh. Ooh-ooh aah-ahh. Ooh-ooh aah-ahh. Ooh-ooh aah-ahh. Ooh-ooh aah-ahh. Ooh-ooh aah-ahh. Ooh-ooh aah-ahh. Ooh-ooh aah-ahh. Ooh-ooh aah-ahh. Ooh-ooh aah-ahh. Ooh-ooh aah-ahh. Ooh-ooh aah-ahh.

Ooh-ooh aah-ahh. Ooh-ooh aah-ahh. Ooh-ooh aah-aah. Ooh-ooh aah-ahh. Ooh-ooh aah-ahh. Ooh-ooh aah-ahh. Ooh-ooh aah-ahh. Ooh-ooh aah-ahh. Ooh-ooh aah-ahh. Ooh-ooh aah-ahh. Ooh-ooh aah-ahh. Ooh-ooh aah-ahh. Ooh-ooh aah-ahh. Ooh-ooh aah-ahh. Ooh-ooh aah-ahh. Ooh-ooh aah-ahh. Ooh-ooh aah-ahh.

Ooh-ooh aah-ahh. Ooh-ooh aah-ahh. Ooh-ooh aah-aah. Ooh-ooh aah-ahh. Ooh-ooh aah-ahh. Ooh-ooh aah-ahh. Ooh-ooh aah-ahh. Ooh-ooh

FIFTH BOOK OF PROPHECIES

aah-ahh. Ooh-ooh aah-ahh. Ooh-ooh aah-ahh. Ooh-ooh aah-ahh. Ooh-ooh aah-ahh. Ooh-ooh aah-ahh. Ooh-ooh aah-ahh. Ooh-ooh aah-ahh. Ooh-ooh aah-ahh. Ooh-ooh aah-ahh. Ooh-ooh aah-ahh. Ooh-ooh aah-ahh.

Ooh-ooh aah-ahh. Ooh-ooh aah-ahh. Ooh-ooh aah-aah. Ooh-ooh aah-ahh. Ooh-ooh aah-ahh. Ooh-ooh aah-ahh. Ooh-ooh aah-ahh. Ooh-ooh aah-ahh. Ooh-ooh aah-ahh. Ooh-ooh aah-ahh. Ooh-ooh aah-ahh. Ooh-ooh aah-ahh. Ooh-ooh aah-ahh. Ooh-ooh aah-ahh. Ooh-ooh aah-ahh. Ooh-ooh aah-ahh. Ooh-ooh aah-ahh.

Ooh-ooh aah-ahh. Ooh-ooh aah-ahh. Ooh-ooh aah-aah. Ooh-ooh aah-ahh. Ooh-ooh aah-ahh. Ooh-ooh aah-ahh. Ooh-ooh aah-ahh. Ooh-ooh aah-ahh. Ooh-ooh aah-ahh. Ooh-ooh aah-ahh. Ooh-ooh aah-ahh. Ooh-ooh aah-ahh. Ooh-ooh aah-ahh. Ooh-ooh aah-ahh. Ooh-ooh aah-ahh. Ooh-ooh aah-ahh. Ooh-ooh aah-ahh.

Ooh-ooh aah-ahh. Ooh-ooh aah-ahh. Ooh-ooh aah-aah. Ooh-ooh aah-ahh. Ooh-ooh aah-ahh. Ooh-ooh aah-ahh. Ooh-ooh aah-ahh. Ooh-ooh aah-ahh. Ooh-ooh aah-ahh. Ooh-ooh aah-ahh. Ooh-ooh aah-ahh. Ooh-ooh aah-ahh. Ooh-ooh aah-ahh. Ooh-ooh aah-ahh. Ooh-ooh aah-ahh. Ooh-ooh aah-ahh. Ooh-ooh aah-ahh. Ooh-ooh aah-ahh.

FIFTH BOOK OF PROPHECIES

Ooh-ooh aah-ahh. Ooh-ooh aah-ahh. Ooh-ooh aah-aah. Ooh-ooh aah-ahh. Ooh-ooh aah-ahh. Ooh-ooh aah-ahh. Ooh-ooh aah-ahh. Ooh-ooh aah-ahh. Ooh-ooh aah-ahh. Ooh-ooh aah-ahh. Ooh-ooh aah-ahh. Ooh-ooh aah-ahh. Ooh-ooh aah-ahh. Ooh-ooh aah-ahh. Ooh-ooh aah-ahh. Ooh-ooh aah-ahh. Ooh-ooh aah-ahh. Ooh-ooh aah-ahh.

Ooh-ooh aah-ahh. Ooh-ooh aah-ahh. Ooh-ooh aah-aah. Ooh-ooh aah-ahh. Ooh-ooh aah-ahh. Ooh-ooh aah-ahh. Ooh-ooh aah-ahh. Ooh-ooh aah-ahh. Ooh-ooh aah-ahh. Ooh-ooh aah-ahh. Ooh-ooh aah-ahh. Ooh-ooh aah-ahh. Ooh-ooh aah-ahh. Ooh-ooh aah-ahh. Ooh-ooh aah-ahh. Ooh-ooh aah-ahh. Ooh-ooh aah-ahh. Ooh-ooh aah-ahh.

Ooh-ooh aah-ahh. Ooh-ooh aah-ahh. Ooh-ooh aah-aah. Ooh-ooh aah-ahh. Ooh-ooh aah-ahh. Ooh-ooh aah-ahh. Ooh-ooh aah-ahh. Ooh-ooh aah-ahh. Ooh-ooh aah-ahh. Ooh-ooh aah-ahh. Ooh-ooh aah-ahh. Ooh-ooh aah-ahh. Ooh-ooh aah-ahh. Ooh-ooh aah-ahh. Ooh-ooh aah-ahh. Ooh-ooh aah-ahh. Ooh-ooh aah-ahh. Ooh-ooh aah-ahh.

Ooh-ooh aah-ahh. Ooh-ooh aah-ahh. Ooh-ooh aah-aah. Ooh-ooh aah-ahh. Ooh-ooh aah-ahh. Ooh-ooh aah-ahh. Ooh-ooh aah-ahh. Ooh-ooh aah-ahh. Ooh-ooh aah-ahh. Ooh-ooh aah-ahh. Ooh-ooh aah-ahh. Ooh-ooh aah-ahh. Ooh-ooh aah-ahh. Ooh-ooh aah-ahh. Ooh-ooh aah-ahh. Ooh-ooh aah-ahh. Ooh-ooh aah-ahh. Ooh-ooh aah-ahh.

Ooh-ooh aah-ahh. Ooh-ooh aah-ahh. Ooh-ooh aah-ahh. Ooh-ooh aah-ahh. Ooh-ooh aah-ahh.

Ooh-ooh aah-ahh. Ooh-ooh aah-ahh. Ooh-ooh aah-aah. Ooh-ooh aah-ahh. Ooh-ooh aah-ahh. Ooh-ooh aah-ahh. Ooh-ooh aah-ahh. Ooh-ooh aah-ahh. Ooh-ooh aah-ahh. Ooh-ooh aah-ahh. Ooh-ooh aah-ahh. Ooh-ooh aah-ahh. Ooh-ooh aah-ahh. Ooh-ooh aah-ahh. Ooh-ooh aah-ahh. Ooh-ooh aah-ahh.

Ooh-ooh aah-ahh. Ooh-ooh aah-ahh. Ooh-ooh aah-aah. Ooh-ooh aah-ahh. Ooh-ooh aah-ahh. Ooh-ooh aah-ahh. Ooh-ooh aah-ahh. Ooh-ooh aah-ahh. Ooh-ooh aah-ahh. Ooh-ooh aah-ahh. Ooh-ooh aah-ahh. Ooh-ooh aah-ahh. Ooh-ooh aah-ahh. Ooh-ooh aah-ahh. Ooh-ooh aah-ahh. Ooh-ooh aah-ahh.

Ooh-ooh aah-ahh. Ooh-ooh aah-ahh. Ooh-ooh aah-aah. Ooh-ooh aah-ahh. Ooh-ooh aah-ahh. Ooh-ooh aah-ahh. Ooh-ooh aah-ahh. Ooh-ooh aah-ahh. Ooh-ooh aah-ahh. Ooh-ooh aah-ahh. Ooh-ooh aah-ahh. Ooh-ooh aah-ahh. Ooh-ooh aah-ahh. Ooh-ooh aah-ahh. Ooh-ooh aah-ahh. Ooh-ooh aah-ahh.

Ooh-ooh aah-ahh. Ooh-ooh aah-ahh. Ooh-ooh aah-aah. Ooh-ooh aah-ahh. Ooh-ooh aah-ahh. Ooh-ooh aah-ahh. Ooh-ooh aah-ahh. Ooh-ooh

aah-ahh. Ooh-ooh aah-ahh. Ooh-ooh aah-ahh. Ooh-ooh aah-ahh. Ooh-ooh aah-ahh. Ooh-ooh aah-ahh. Ooh-ooh aah-ahh. Ooh-ooh aah-ahh. Ooh-ooh aah-ahh. Ooh-ooh aah-ahh. Ooh-ooh aah-ahh. Ooh-ooh aah-ahh. Ooh-ooh aah-ahh.

SIXTH BOOK OF PROPHECIES

Ooh-ooh aah-ahh. Ooh-ooh aah-ahh. Ooh-ooh aah-aah. Ooh-ooh aah-ahh. Ooh-ooh aah-ahh. Ooh-ooh aah-ahh. Ooh-ooh aah-ahh. Ooh-ooh aah-ahh. Ooh-ooh aah-ahh. Ooh-ooh aah-ahh. Ooh-ooh aah-ahh. Ooh-ooh aah-ahh. Ooh-ooh aah-ahh. Ooh-ooh aah-ahh. Ooh-ooh aah-ahh. Ooh-ooh aah-ahh. Ooh-ooh aah-ahh.

Ooh-ooh aah-ahh. Ooh-ooh aah-ahh. Ooh-ooh aah-aah. Ooh-ooh aah-ahh. Ooh-ooh aah-ahh. Ooh-ooh aah-ahh. Ooh-ooh aah-ahh. Ooh-ooh aah-ahh. Ooh-ooh aah-ahh. Ooh-ooh aah-ahh. Ooh-ooh aah-ahh. Ooh-ooh aah-ahh. Ooh-ooh aah-ahh. Ooh-ooh aah-ahh. Ooh-ooh aah-ahh. Ooh-ooh aah-ahh. Ooh-ooh aah-ahh. Ooh-ooh aah-ahh.

SIXTH BOOK OF PROPHECIES

Ooh-ooh aah-ahh. Ooh-ooh aah-ahh. Ooh-ooh aah-aah. Ooh-ooh aah-ahh. Ooh-ooh aah-ahh. Ooh-ooh aah-ahh. Ooh-ooh aah-ahh. Ooh-ooh aah-ahh. Ooh-ooh aah-ahh. Ooh-ooh aah-ahh. Ooh-ooh aah-ahh. Ooh-ooh aah-ahh. Ooh-ooh aah-ahh. Ooh-ooh aah-ahh. Ooh-ooh aah-ahh. Ooh-ooh aah-ahh. Ooh-ooh aah-ahh.

Ooh-ooh aah-ahh. Ooh-ooh aah-ahh. Ooh-ooh aah-aah. Ooh-ooh aah-ahh. Ooh-ooh aah-ahh. Ooh-ooh aah-ahh. Ooh-ooh aah-ahh. Ooh-ooh aah-ahh. Ooh-ooh aah-ahh. Ooh-ooh aah-ahh. Ooh-ooh aah-ahh. Ooh-ooh aah-ahh. Ooh-ooh aah-ahh. Ooh-ooh aah-ahh. Ooh-ooh aah-ahh. Ooh-ooh aah-ahh. Ooh-ooh aah-ahh.

Ooh-ooh aah-ahh. Ooh-ooh aah-ahh. Ooh-ooh aah-aah. Ooh-ooh aah-ahh. Ooh-ooh aah-ahh. Ooh-ooh aah-ahh. Ooh-ooh aah-ahh. Ooh-ooh aah-ahh. Ooh-ooh aah-ahh. Ooh-ooh aah-ahh. Ooh-ooh aah-ahh. Ooh-ooh aah-ahh. Ooh-ooh aah-ahh. Ooh-ooh aah-ahh. Ooh-ooh aah-ahh. Ooh-ooh aah-ahh. Ooh-ooh aah-ahh.

Ooh-ooh aah-ahh. Ooh-ooh aah-ahh. Ooh-ooh aah-aah. Ooh-ooh aah-ahh. Ooh-ooh aah-ahh. Ooh-ooh aah-ahh. Ooh-ooh aah-ahh. Ooh-ooh aah-ahh. Ooh-ooh aah-ahh. Ooh-ooh aah-ahh. Ooh-ooh aah-ahh. Ooh-ooh aah-ahh. Ooh-ooh aah-ahh. Ooh-ooh aah-ahh.

SIXTH BOOK OF PROPHECIES

Ooh-ooh aah-ahh. Ooh-ooh aah-ahh. Ooh-ooh aah-ahh. Ooh-ooh aah-ahh. Ooh-ooh aah-ahh.

Ooh-ooh aah-ahh. Ooh-ooh aah-ahh. Ooh-ooh aah-aah. Ooh-ooh aah-ahh. Ooh-ooh aah-ahh. Ooh-ooh aah-ahh. Ooh-ooh aah-ahh. Ooh-ooh aah-ahh. Ooh-ooh aah-ahh. Ooh-ooh aah-ahh. Ooh-ooh aah-ahh. Ooh-ooh aah-ahh. Ooh-ooh aah-ahh. Ooh-ooh aah-ahh. Ooh-ooh aah-ahh. Ooh-ooh aah-ahh. Ooh-ooh aah-ahh.

Ooh-ooh aah-ahh. Ooh-ooh aah-ahh. Ooh-ooh aah-aah. Ooh-ooh aah-ahh. Ooh-ooh aah-ahh. Ooh-ooh aah-ahh. Ooh-ooh aah-ahh. Ooh-ooh aah-ahh. Ooh-ooh aah-ahh. Ooh-ooh aah-ahh. Ooh-ooh aah-ahh. Ooh-ooh aah-ahh. Ooh-ooh aah-ahh. Ooh-ooh aah-ahh. Ooh-ooh aah-ahh. Ooh-ooh aah-ahh. Ooh-ooh aah-ahh.

Ooh-ooh aah-ahh. Ooh-ooh aah-ahh. Ooh-ooh aah-aah. Ooh-ooh aah-ahh. Ooh-ooh aah-ahh. Ooh-ooh aah-ahh. Ooh-ooh aah-ahh. Ooh-ooh aah-ahh. Ooh-ooh aah-ahh. Ooh-ooh aah-ahh. Ooh-ooh aah-ahh. Ooh-ooh aah-ahh. Ooh-ooh aah-ahh. Ooh-ooh aah-ahh. Ooh-ooh aah-ahh. Ooh-ooh aah-ahh. Ooh-ooh aah-ahh.

Ooh-ooh aah-ahh. Ooh-ooh aah-ahh. Ooh-ooh aah-aah. Ooh-ooh aah-ahh. Ooh-ooh aah-ahh. Ooh-ooh aah-ahh. Ooh-ooh aah-ahh. Ooh-ooh

SIXTH BOOK OF PROPHECIES

aah-ahh. Ooh-ooh aah-ahh. Ooh-ooh aah-ahh. Ooh-ooh aah-ahh. Ooh-ooh aah-ahh. Ooh-ooh aah-ahh. Ooh-ooh aah-ahh. Ooh-ooh aah-ahh. Ooh-ooh aah-ahh. Ooh-ooh aah-ahh. Ooh-ooh aah-ahh. Ooh-ooh aah-ahh.

Ooh-ooh aah-ahh. Ooh-ooh aah-ahh. Ooh-ooh aah-aah. Ooh-ooh aah-ahh. Ooh-ooh aah-ahh. Ooh-ooh aah-ahh. Ooh-ooh aah-ahh. Ooh-ooh aah-ahh. Ooh-ooh aah-ahh. Ooh-ooh aah-ahh. Ooh-ooh aah-ahh. Ooh-ooh aah-ahh. Ooh-ooh aah-ahh. Ooh-ooh aah-ahh. Ooh-ooh aah-ahh. Ooh-ooh aah-ahh.

Ooh-ooh aah-ahh. Ooh-ooh aah-ahh. Ooh-ooh aah-aah. Ooh-ooh aah-ahh. Ooh-ooh aah-ahh. Ooh-ooh aah-ahh. Ooh-ooh aah-ahh. Ooh-ooh aah-ahh. Ooh-ooh aah-ahh. Ooh-ooh aah-ahh. Ooh-ooh aah-ahh. Ooh-ooh aah-ahh. Ooh-ooh aah-ahh. Ooh-ooh aah-ahh. Ooh-ooh aah-ahh. Ooh-ooh aah-ahh.

Ooh-ooh aah-ahh. Ooh-ooh aah-ahh. Ooh-ooh aah-aah. Ooh-ooh aah-ahh. Ooh-ooh aah-ahh. Ooh-ooh aah-ahh. Ooh-ooh aah-ahh. Ooh-ooh aah-ahh. Ooh-ooh aah-ahh. Ooh-ooh aah-ahh. Ooh-ooh aah-ahh. Ooh-ooh aah-ahh. Ooh-ooh aah-ahh. Ooh-ooh aah-ahh. Ooh-ooh aah-ahh. Ooh-ooh aah-ahh.

SIXTH BOOK OF PROPHECIES

Ooh-ooh aah-ahh. Ooh-ooh aah-ahh. Ooh-ooh aah-aah. Ooh-ooh aah-ahh. Ooh-ooh aah-ahh. Ooh-ooh aah-ahh. Ooh-ooh aah-ahh. Ooh-ooh aah-ahh. Ooh-ooh aah-ahh. Ooh-ooh aah-ahh. Ooh-ooh aah-ahh. Ooh-ooh aah-ahh. Ooh-ooh aah-ahh. Ooh-ooh aah-ahh. Ooh-ooh aah-ahh. Ooh-ooh aah-ahh. Ooh-ooh aah-ahh. Ooh-ooh aah-ahh.

Ooh-ooh aah-ahh. Ooh-ooh aah-ahh. Ooh-ooh aah-aah. Ooh-ooh aah-ahh. Ooh-ooh aah-ahh. Ooh-ooh aah-ahh. Ooh-ooh aah-ahh. Ooh-ooh aah-ahh. Ooh-ooh aah-ahh. Ooh-ooh aah-ahh. Ooh-ooh aah-ahh. Ooh-ooh aah-ahh. Ooh-ooh aah-ahh. Ooh-ooh aah-ahh. Ooh-ooh aah-ahh. Ooh-ooh aah-ahh. Ooh-ooh aah-ahh. Ooh-ooh aah-ahh.

Ooh-ooh aah-ahh. Ooh-ooh aah-ahh. Ooh-ooh aah-aah. Ooh-ooh aah-ahh. Ooh-ooh aah-ahh. Ooh-ooh aah-ahh. Ooh-ooh aah-ahh. Ooh-ooh aah-ahh. Ooh-ooh aah-ahh. Ooh-ooh aah-ahh. Ooh-ooh aah-ahh. Ooh-ooh aah-ahh. Ooh-ooh aah-ahh. Ooh-ooh aah-ahh. Ooh-ooh aah-ahh. Ooh-ooh aah-ahh. Ooh-ooh aah-ahh. Ooh-ooh aah-ahh.

Ooh-ooh aah-ahh. Ooh-ooh aah-ahh. Ooh-ooh aah-aah. Ooh-ooh aah-ahh. Ooh-ooh aah-ahh. Ooh-ooh aah-ahh. Ooh-ooh aah-ahh. Ooh-ooh aah-ahh. Ooh-ooh aah-ahh. Ooh-ooh aah-ahh. Ooh-ooh aah-ahh. Ooh-ooh aah-ahh. Ooh-ooh aah-ahh. Ooh-ooh aah-ahh. Ooh-ooh aah-ahh.

SIXTH BOOK OF PROPHECIES

Ooh-ooh aah-ahh. Ooh-ooh aah-ahh. Ooh-ooh aah-ahh. Ooh-ooh aah-ahh. Ooh-ooh aah-ahh.

Ooh-ooh aah-ahh. Ooh-ooh aah-ahh. Ooh-ooh aah-aah. Ooh-ooh aah-ahh. Ooh-ooh aah-ahh. Ooh-ooh aah-ahh. Ooh-ooh aah-ahh. Ooh-ooh aah-ahh. Ooh-ooh aah-ahh. Ooh-ooh aah-ahh. Ooh-ooh aah-ahh. Ooh-ooh aah-ahh. Ooh-ooh aah-ahh. Ooh-ooh aah-ahh. Ooh-ooh aah-ahh. Ooh-ooh aah-ahh. Ooh-ooh aah-ahh.

Ooh-ooh aah-ahh. Ooh-ooh aah-ahh. Ooh-ooh aah-aah. Ooh-ooh aah-ahh. Ooh-ooh aah-ahh. Ooh-ooh aah-ahh. Ooh-ooh aah-ahh. Ooh-ooh aah-ahh. Ooh-ooh aah-ahh. Ooh-ooh aah-ahh. Ooh-ooh aah-ahh. Ooh-ooh aah-ahh. Ooh-ooh aah-ahh. Ooh-ooh aah-ahh. Ooh-ooh aah-ahh. Ooh-ooh aah-ahh. Ooh-ooh aah-ahh.

Ooh-ooh aah-ahh. Ooh-ooh aah-ahh. Ooh-ooh aah-aah. Ooh-ooh aah-ahh. Ooh-ooh aah-ahh. Ooh-ooh aah-ahh. Ooh-ooh aah-ahh. Ooh-ooh aah-ahh. Ooh-ooh aah-ahh. Ooh-ooh aah-ahh. Ooh-ooh aah-ahh. Ooh-ooh aah-ahh. Ooh-ooh aah-ahh. Ooh-ooh aah-ahh. Ooh-ooh aah-ahh. Ooh-ooh aah-ahh. Ooh-ooh aah-ahh.

Ooh-ooh aah-ahh. Ooh-ooh aah-ahh. Ooh-ooh aah-aah. Ooh-ooh aah-ahh. Ooh-ooh aah-ahh. Ooh-ooh aah-ahh. Ooh-ooh aah-ahh. Ooh-ooh

SIXTH BOOK OF PROPHECIES

aah-ahh. Ooh-ooh aah-ahh. Ooh-ooh aah-ahh. Ooh-ooh aah-ahh. Ooh-ooh aah-ahh. Ooh-ooh aah-ahh. Ooh-ooh aah-ahh. Ooh-ooh aah-ahh. Ooh-ooh aah-ahh. Ooh-ooh aah-ahh. Ooh-ooh aah-ahh. Ooh-ooh aah-ahh. Ooh-ooh aah-ahh.

Ooh-ooh aah-ahh. Ooh-ooh aah-ahh. Ooh-ooh aah-aah. Ooh-ooh aah-ahh. Ooh-ooh aah-ahh. Ooh-ooh aah-ahh. Ooh-ooh aah-ahh. Ooh-ooh aah-ahh. Ooh-ooh aah-ahh. Ooh-ooh aah-ahh. Ooh-ooh aah-ahh. Ooh-ooh aah-ahh. Ooh-ooh aah-ahh. Ooh-ooh aah-ahh. Ooh-ooh aah-ahh. Ooh-ooh aah-ahh.

Ooh-ooh aah-ahh. Ooh-ooh aah-ahh. Ooh-ooh aah-aah. Ooh-ooh aah-ahh. Ooh-ooh aah-ahh. Ooh-ooh aah-ahh. Ooh-ooh aah-ahh. Ooh-ooh aah-ahh. Ooh-ooh aah-ahh. Ooh-ooh aah-ahh. Ooh-ooh aah-ahh. Ooh-ooh aah-ahh. Ooh-ooh aah-ahh. Ooh-ooh aah-ahh. Ooh-ooh aah-ahh. Ooh-ooh aah-ahh.

Ooh-ooh aah-ahh. Ooh-ooh aah-ahh. Ooh-ooh aah-aah. Ooh-ooh aah-ahh. Ooh-ooh aah-ahh. Ooh-ooh aah-ahh. Ooh-ooh aah-ahh. Ooh-ooh aah-ahh. Ooh-ooh aah-ahh. Ooh-ooh aah-ahh. Ooh-ooh aah-ahh. Ooh-ooh aah-ahh. Ooh-ooh aah-ahh. Ooh-ooh aah-ahh. Ooh-ooh aah-ahh. Ooh-ooh aah-ahh.

SIXTH BOOK OF PROPHECIES

Ooh-ooh aah-ahh. Ooh-ooh aah-ahh. Ooh-ooh aah-aah. Ooh-ooh aah-ahh. Ooh-ooh aah-ahh. Ooh-ooh aah-ahh. Ooh-ooh aah-ahh. Ooh-ooh aah-ahh. Ooh-ooh aah-ahh. Ooh-ooh aah-ahh. Ooh-ooh aah-ahh. Ooh-ooh aah-ahh. Ooh-ooh aah-ahh. Ooh-ooh aah-ahh. Ooh-ooh aah-ahh. Ooh-ooh aah-ahh. Ooh-ooh aah-ahh.

Ooh-ooh aah-ahh. Ooh-ooh aah-ahh. Ooh-ooh aah-aah. Ooh-ooh aah-ahh. Ooh-ooh aah-ahh. Ooh-ooh aah-ahh. Ooh-ooh aah-ahh. Ooh-ooh aah-ahh. Ooh-ooh aah-ahh. Ooh-ooh aah-ahh. Ooh-ooh aah-ahh. Ooh-ooh aah-ahh. Ooh-ooh aah-ahh. Ooh-ooh aah-ahh. Ooh-ooh aah-ahh. Ooh-ooh aah-ahh. Ooh-ooh aah-ahh.

Ooh-ooh aah-ahh. Ooh-ooh aah-ahh. Ooh-ooh aah-aah. Ooh-ooh aah-ahh. Ooh-ooh aah-ahh. Ooh-ooh aah-ahh. Ooh-ooh aah-ahh. Ooh-ooh aah-ahh. Ooh-ooh aah-ahh. Ooh-ooh aah-ahh. Ooh-ooh aah-ahh. Ooh-ooh aah-ahh. Ooh-ooh aah-ahh. Ooh-ooh aah-ahh. Ooh-ooh aah-ahh. Ooh-ooh aah-ahh. Ooh-ooh aah-ahh.

Ooh-ooh aah-ahh. Ooh-ooh aah-ahh. Ooh-ooh aah-aah. Ooh-ooh aah-ahh. Ooh-ooh aah-ahh. Ooh-ooh aah-ahh. Ooh-ooh aah-ahh. Ooh-ooh aah-ahh. Ooh-ooh aah-ahh. Ooh-ooh aah-ahh. Ooh-ooh aah-ahh. Ooh-ooh aah-ahh. Ooh-ooh aah-ahh. Ooh-ooh aah-ahh.

SIXTH BOOK OF PROPHECIES

Ooh-ooh aah-ahh. Ooh-ooh aah-ahh. Ooh-ooh aah-ahh. Ooh-ooh aah-ahh. Ooh-ooh aah-ahh.

Ooh-ooh aah-ahh. Ooh-ooh aah-ahh. Ooh-ooh aah-aah. Ooh-ooh aah-ahh. Ooh-ooh aah-ahh. Ooh-ooh aah-ahh. Ooh-ooh aah-ahh. Ooh-ooh aah-ahh. Ooh-ooh aah-ahh. Ooh-ooh aah-ahh. Ooh-ooh aah-ahh. Ooh-ooh aah-ahh. Ooh-ooh aah-ahh. Ooh-ooh aah-ahh. Ooh-ooh aah-ahh. Ooh-ooh aah-ahh. Ooh-ooh aah-ahh.

Ooh-ooh aah-ahh. Ooh-ooh aah-ahh. Ooh-ooh aah-aah. Ooh-ooh aah-ahh. Ooh-ooh aah-ahh. Ooh-ooh aah-ahh. Ooh-ooh aah-ahh. Ooh-ooh aah-ahh. Ooh-ooh aah-ahh. Ooh-ooh aah-ahh. Ooh-ooh aah-ahh. Ooh-ooh aah-ahh. Ooh-ooh aah-ahh. Ooh-ooh aah-ahh. Ooh-ooh aah-ahh. Ooh-ooh aah-ahh. Ooh-ooh aah-ahh.

Ooh-ooh aah-ahh. Ooh-ooh aah-ahh. Ooh-ooh aah-aah. Ooh-ooh aah-ahh. Ooh-ooh aah-ahh. Ooh-ooh aah-ahh. Ooh-ooh aah-ahh. Ooh-ooh aah-ahh. Ooh-ooh aah-ahh. Ooh-ooh aah-ahh. Ooh-ooh aah-ahh. Ooh-ooh aah-ahh. Ooh-ooh aah-ahh. Ooh-ooh aah-ahh. Ooh-ooh aah-ahh. Ooh-ooh aah-ahh. Ooh-ooh aah-ahh.

Ooh-ooh aah-ahh. Ooh-ooh aah-ahh. Ooh-ooh aah-aah. Ooh-ooh aah-ahh. Ooh-ooh aah-ahh. Ooh-ooh aah-ahh. Ooh-ooh aah-ahh. Ooh-ooh

aah-ahh. Ooh-ooh aah-ahh. Ooh-ooh aah-ahh. Ooh-ooh aah-ahh. Ooh-ooh aah-ahh. Ooh-ooh aah-ahh. Ooh-ooh aah-ahh. Ooh-ooh aah-ahh. Ooh-ooh aah-ahh. Ooh-ooh aah-ahh. Ooh-ooh aah-ahh. Ooh-ooh aah-ahh. Ooh-ooh aah-ahh.

Ooh-ooh aah-ahh. Ooh-ooh aah-ahh. Ooh-ooh aah-aah. Ooh-ooh aah-ahh. Ooh-ooh aah-ahh. Ooh-ooh aah-ahh. Ooh-ooh aah-ahh. Ooh-ooh aah-ahh. Ooh-ooh aah-ahh. Ooh-ooh aah-ahh. Ooh-ooh aah-ahh. Ooh-ooh aah-ahh. Ooh-ooh aah-ahh. Ooh-ooh aah-ahh. Ooh-ooh aah-ahh. Ooh-ooh aah-ahh. Ooh-ooh aah-ahh.

Ooh-ooh aah-ahh. Ooh-ooh aah-ahh. Ooh-ooh aah-aah. Ooh-ooh aah-ahh. Ooh-ooh aah-ahh. Ooh-ooh aah-ahh. Ooh-ooh aah-ahh. Ooh-ooh aah-ahh. Ooh-ooh aah-ahh. Ooh-ooh aah-ahh. Ooh-ooh aah-ahh. Ooh-ooh aah-ahh. Ooh-ooh aah-ahh. Ooh-ooh aah-ahh. Ooh-ooh aah-ahh. Ooh-ooh aah-ahh.

Ooh-ooh aah-ahh. Ooh-ooh aah-ahh. Ooh-ooh aah-aah. Ooh-ooh aah-ahh. Ooh-ooh aah-ahh. Ooh-ooh aah-ahh. Ooh-ooh aah-ahh. Ooh-ooh aah-ahh. Ooh-ooh aah-ahh. Ooh-ooh aah-ahh. Ooh-ooh aah-ahh. Ooh-ooh aah-ahh. Ooh-ooh aah-ahh. Ooh-ooh aah-ahh. Ooh-ooh aah-ahh. Ooh-ooh aah-ahh. Ooh-ooh aah-ahh.

SIXTH BOOK OF PROPHECIES

Ooh-ooh aah-ahh. Ooh-ooh aah-ahh. Ooh-ooh aah-aah. Ooh-ooh aah-ahh. Ooh-ooh aah-ahh. Ooh-ooh aah-ahh. Ooh-ooh aah-ahh. Ooh-ooh aah-ahh. Ooh-ooh aah-ahh. Ooh-ooh aah-ahh. Ooh-ooh aah-ahh. Ooh-ooh aah-ahh. Ooh-ooh aah-ahh. Ooh-ooh aah-ahh. Ooh-ooh aah-ahh. Ooh-ooh aah-ahh. Ooh-ooh aah-ahh.

Ooh-ooh aah-ahh. Ooh-ooh aah-ahh. Ooh-ooh aah-aah. Ooh-ooh aah-ahh. Ooh-ooh aah-ahh. Ooh-ooh aah-ahh. Ooh-ooh aah-ahh. Ooh-ooh aah-ahh. Ooh-ooh aah-ahh. Ooh-ooh aah-ahh. Ooh-ooh aah-ahh. Ooh-ooh aah-ahh. Ooh-ooh aah-ahh. Ooh-ooh aah-ahh. Ooh-ooh aah-ahh. Ooh-ooh aah-ahh. Ooh-ooh aah-ahh.

Ooh-ooh aah-ahh. Ooh-ooh aah-ahh. Ooh-ooh aah-aah. Ooh-ooh aah-ahh. Ooh-ooh aah-ahh. Ooh-ooh aah-ahh. Ooh-ooh aah-ahh. Ooh-ooh aah-ahh. Ooh-ooh aah-ahh. Ooh-ooh aah-ahh. Ooh-ooh aah-ahh. Ooh-ooh aah-ahh. Ooh-ooh aah-ahh. Ooh-ooh aah-ahh. Ooh-ooh aah-ahh. Ooh-ooh aah-ahh. Ooh-ooh aah-ahh.

Ooh-ooh aah-ahh. Ooh-ooh aah-ahh. Ooh-ooh aah-aah. Ooh-ooh aah-ahh. Ooh-ooh aah-ahh. Ooh-ooh aah-ahh. Ooh-ooh aah-ahh. Ooh-ooh aah-ahh. Ooh-ooh aah-ahh. Ooh-ooh aah-ahh. Ooh-ooh aah-ahh. Ooh-ooh aah-ahh. Ooh-ooh aah-ahh.

SIXTH BOOK OF PROPHECIES

Ooh-ooh aah-ahh. Ooh-ooh aah-ahh. Ooh-ooh aah-ahh. Ooh-ooh aah-ahh. Ooh-ooh aah-ahh.

Ooh-ooh aah-ahh. Ooh-ooh aah-ahh. Ooh-ooh aah-aah. Ooh-ooh aah-ahh. Ooh-ooh aah-ahh. Ooh-ooh aah-ahh. Ooh-ooh aah-ahh. Ooh-ooh aah-ahh. Ooh-ooh aah-ahh. Ooh-ooh aah-ahh. Ooh-ooh aah-ahh. Ooh-ooh aah-ahh. Ooh-ooh aah-ahh. Ooh-ooh aah-ahh. Ooh-ooh aah-ahh. Ooh-ooh aah-ahh. Ooh-ooh aah-ahh. Ooh-ooh aah-ahh.

Ooh-ooh aah-ahh. Ooh-ooh aah-ahh. Ooh-ooh aah-aah. Ooh-ooh aah-ahh. Ooh-ooh aah-ahh. Ooh-ooh aah-ahh. Ooh-ooh aah-ahh. Ooh-ooh aah-ahh. Ooh-ooh aah-ahh. Ooh-ooh aah-ahh. Ooh-ooh aah-ahh. Ooh-ooh aah-ahh. Ooh-ooh aah-ahh. Ooh-ooh aah-ahh. Ooh-ooh aah-ahh. Ooh-ooh aah-ahh. Ooh-ooh aah-ahh. Ooh-ooh aah-ahh.

Ooh-ooh aah-ahh. Ooh-ooh aah-ahh. Ooh-ooh aah-aah. Ooh-ooh aah-ahh. Ooh-ooh aah-ahh. Ooh-ooh aah-ahh. Ooh-ooh aah-ahh. Ooh-ooh aah-ahh. Ooh-ooh aah-ahh. Ooh-ooh aah-ahh. Ooh-ooh aah-ahh. Ooh-ooh aah-ahh. Ooh-ooh aah-ahh. Ooh-ooh aah-ahh. Ooh-ooh aah-ahh. Ooh-ooh aah-ahh. Ooh-ooh aah-ahh. Ooh-ooh aah-ahh.

Ooh-ooh aah-ahh. Ooh-ooh aah-ahh. Ooh-ooh aah-aah. Ooh-ooh aah-ahh. Ooh-ooh aah-ahh. Ooh-ooh aah-ahh. Ooh-ooh aah-ahh. Ooh-ooh

SIXTH BOOK OF PROPHECIES

aah-ahh. Ooh-ooh aah-ahh. Ooh-ooh aah-ahh. Ooh-ooh aah-ahh. Ooh-ooh aah-ahh. Ooh-ooh aah-ahh. Ooh-ooh aah-ahh. Ooh-ooh aah-ahh. Ooh-ooh aah-ahh. Ooh-ooh aah-ahh. Ooh-ooh aah-ahh. Ooh-ooh aah-ahh. Ooh-ooh aah-ahh.

Ooh-ooh aah-ahh. Ooh-ooh aah-ahh. Ooh-ooh aah-aah. Ooh-ooh aah-ahh. Ooh-ooh aah-ahh. Ooh-ooh aah-ahh. Ooh-ooh aah-ahh. Ooh-ooh aah-ahh. Ooh-ooh aah-ahh. Ooh-ooh aah-ahh. Ooh-ooh aah-ahh. Ooh-ooh aah-ahh. Ooh-ooh aah-ahh. Ooh-ooh aah-ahh. Ooh-ooh aah-ahh. Ooh-ooh aah-ahh.

Ooh-ooh aah-ahh. Ooh-ooh aah-ahh. Ooh-ooh aah-aah. Ooh-ooh aah-ahh. Ooh-ooh aah-ahh. Ooh-ooh aah-ahh. Ooh-ooh aah-ahh. Ooh-ooh aah-ahh. Ooh-ooh aah-ahh. Ooh-ooh aah-ahh. Ooh-ooh aah-ahh. Ooh-ooh aah-ahh. Ooh-ooh aah-ahh. Ooh-ooh aah-ahh. Ooh-ooh aah-ahh. Ooh-ooh aah-ahh.

Ooh-ooh aah-ahh. Ooh-ooh aah-ahh. Ooh-ooh aah-aah. Ooh-ooh aah-ahh. Ooh-ooh aah-ahh. Ooh-ooh aah-ahh. Ooh-ooh aah-ahh. Ooh-ooh aah-ahh. Ooh-ooh aah-ahh. Ooh-ooh aah-ahh. Ooh-ooh aah-ahh. Ooh-ooh aah-ahh. Ooh-ooh aah-ahh. Ooh-ooh aah-ahh. Ooh-ooh aah-ahh. Ooh-ooh aah-ahh.

SIXTH BOOK OF PROPHECIES

Ooh-ooh aah-ahh. Ooh-ooh aah-ahh. Ooh-ooh aah-aah. Ooh-ooh aah-ahh. Ooh-ooh aah-ahh. Ooh-ooh aah-ahh. Ooh-ooh aah-ahh. Ooh-ooh aah-ahh. Ooh-ooh aah-ahh. Ooh-ooh aah-ahh. Ooh-ooh aah-ahh. Ooh-ooh aah-ahh. Ooh-ooh aah-ahh. Ooh-ooh aah-ahh. Ooh-ooh aah-ahh. Ooh-ooh aah-ahh. Ooh-ooh aah-ahh. Ooh-ooh aah-ahh.

Ooh-ooh aah-ahh. Ooh-ooh aah-ahh. Ooh-ooh aah-aah. Ooh-ooh aah-ahh. Ooh-ooh aah-ahh. Ooh-ooh aah-ahh. Ooh-ooh aah-ahh. Ooh-ooh aah-ahh. Ooh-ooh aah-ahh. Ooh-ooh aah-ahh. Ooh-ooh aah-ahh. Ooh-ooh aah-ahh. Ooh-ooh aah-ahh. Ooh-ooh aah-ahh. Ooh-ooh aah-ahh. Ooh-ooh aah-ahh. Ooh-ooh aah-ahh. Ooh-ooh aah-ahh.

Ooh-ooh aah-ahh. Ooh-ooh aah-ahh. Ooh-ooh aah-aah. Ooh-ooh aah-ahh. Ooh-ooh aah-ahh. Ooh-ooh aah-ahh. Ooh-ooh aah-ahh. Ooh-ooh aah-ahh. Ooh-ooh aah-ahh. Ooh-ooh aah-ahh. Ooh-ooh aah-ahh. Ooh-ooh aah-ahh. Ooh-ooh aah-ahh. Ooh-ooh aah-ahh. Ooh-ooh aah-ahh. Ooh-ooh aah-ahh. Ooh-ooh aah-ahh. Ooh-ooh aah-ahh.

Ooh-ooh aah-ahh. Ooh-ooh aah-ahh. Ooh-ooh aah-aah. Ooh-ooh aah-ahh. Ooh-ooh aah-ahh. Ooh-ooh aah-ahh. Ooh-ooh aah-ahh. Ooh-ooh aah-ahh. Ooh-ooh aah-ahh. Ooh-ooh aah-ahh. Ooh-ooh aah-ahh. Ooh-ooh aah-ahh. Ooh-ooh aah-ahh. Ooh-ooh aah-ahh. Ooh-ooh aah-ahh.

SIXTH BOOK OF PROPHECIES

Ooh-ooh aah-ahh. Ooh-ooh aah-ahh. Ooh-ooh aah-ahh. Ooh-ooh aah-ahh. Ooh-ooh aah-ahh.

Ooh-ooh aah-ahh. Ooh-ooh aah-ahh. Ooh-ooh aah-aah. Ooh-ooh aah-ahh. Ooh-ooh aah-ahh. Ooh-ooh aah-ahh. Ooh-ooh aah-ahh. Ooh-ooh aah-ahh. Ooh-ooh aah-ahh. Ooh-ooh aah-ahh. Ooh-ooh aah-ahh. Ooh-ooh aah-ahh. Ooh-ooh aah-ahh. Ooh-ooh aah-ahh. Ooh-ooh aah-ahh. Ooh-ooh aah-ahh. Ooh-ooh aah-ahh.

Ooh-ooh aah-ahh. Ooh-ooh aah-ahh. Ooh-ooh aah-aah. Ooh-ooh aah-ahh. Ooh-ooh aah-ahh. Ooh-ooh aah-ahh. Ooh-ooh aah-ahh. Ooh-ooh aah-ahh. Ooh-ooh aah-ahh. Ooh-ooh aah-ahh. Ooh-ooh aah-ahh. Ooh-ooh aah-ahh. Ooh-ooh aah-ahh. Ooh-ooh aah-ahh. Ooh-ooh aah-ahh. Ooh-ooh aah-ahh. Ooh-ooh aah-ahh.

Ooh-ooh aah-ahh. Ooh-ooh aah-ahh. Ooh-ooh aah-aah. Ooh-ooh aah-ahh. Ooh-ooh aah-ahh. Ooh-ooh aah-ahh. Ooh-ooh aah-ahh. Ooh-ooh aah-ahh. Ooh-ooh aah-ahh. Ooh-ooh aah-ahh. Ooh-ooh aah-ahh. Ooh-ooh aah-ahh. Ooh-ooh aah-ahh. Ooh-ooh aah-ahh. Ooh-ooh aah-ahh. Ooh-ooh aah-ahh. Ooh-ooh aah-ahh.

Ooh-ooh aah-ahh. Ooh-ooh aah-ahh. Ooh-ooh aah-aah. Ooh-ooh aah-ahh. Ooh-ooh aah-ahh. Ooh-ooh aah-ahh. Ooh-ooh aah-ahh. Ooh-ooh

SIXTH BOOK OF PROPHECIES

aah-ahh. Ooh-ooh aah-ahh. Ooh-ooh aah-ahh. Ooh-ooh aah-ahh. Ooh-ooh aah-ahh. Ooh-ooh aah-ahh. Ooh-ooh aah-ahh. Ooh-ooh aah-ahh. Ooh-ooh aah-ahh. Ooh-ooh aah-ahh. Ooh-ooh aah-ahh. Ooh-ooh aah-ahh.

Ooh-ooh aah-ahh. Ooh-ooh aah-ahh. Ooh-ooh aah-aah. Ooh-ooh aah-ahh. Ooh-ooh aah-ahh. Ooh-ooh aah-ahh. Ooh-ooh aah-ahh. Ooh-ooh aah-ahh. Ooh-ooh aah-ahh. Ooh-ooh aah-ahh. Ooh-ooh aah-ahh. Ooh-ooh aah-ahh. Ooh-ooh aah-ahh. Ooh-ooh aah-ahh. Ooh-ooh aah-ahh. Ooh-ooh aah-ahh. Ooh-ooh aah-ahh.

Ooh-ooh aah-ahh. Ooh-ooh aah-ahh. Ooh-ooh aah-aah. Ooh-ooh aah-ahh. Ooh-ooh aah-ahh. Ooh-ooh aah-ahh. Ooh-ooh aah-ahh. Ooh-ooh aah-ahh. Ooh-ooh aah-ahh. Ooh-ooh aah-ahh. Ooh-ooh aah-ahh. Ooh-ooh aah-ahh. Ooh-ooh aah-ahh. Ooh-ooh aah-ahh. Ooh-ooh aah-ahh. Ooh-ooh aah-ahh. Ooh-ooh aah-ahh.

Ooh-ooh aah-ahh. Ooh-ooh aah-ahh. Ooh-ooh aah-aah. Ooh-ooh aah-ahh. Ooh-ooh aah-ahh. Ooh-ooh aah-ahh. Ooh-ooh aah-ahh. Ooh-ooh aah-ahh. Ooh-ooh aah-ahh. Ooh-ooh aah-ahh. Ooh-ooh aah-ahh. Ooh-ooh aah-ahh. Ooh-ooh aah-ahh. Ooh-ooh aah-ahh. Ooh-ooh aah-ahh. Ooh-ooh aah-ahh. Ooh-ooh aah-ahh.

SIXTH BOOK OF PROPHECIES

Ooh-ooh aah-ahh. Ooh-ooh aah-ahh. Ooh-ooh aah-aah. Ooh-ooh aah-ahh. Ooh-ooh aah-ahh. Ooh-ooh aah-ahh. Ooh-ooh aah-ahh. Ooh-ooh aah-ahh. Ooh-ooh aah-ahh. Ooh-ooh aah-ahh. Ooh-ooh aah-ahh. Ooh-ooh aah-ahh. Ooh-ooh aah-ahh. Ooh-ooh aah-ahh. Ooh-ooh aah-ahh. Ooh-ooh aah-ahh. Ooh-ooh aah-ahh.

Ooh-ooh aah-ahh. Ooh-ooh aah-ahh. Ooh-ooh aah-aah. Ooh-ooh aah-ahh. Ooh-ooh aah-ahh. Ooh-ooh aah-ahh. Ooh-ooh aah-ahh. Ooh-ooh aah-ahh. Ooh-ooh aah-ahh. Ooh-ooh aah-ahh. Ooh-ooh aah-ahh. Ooh-ooh aah-ahh. Ooh-ooh aah-ahh. Ooh-ooh aah-ahh. Ooh-ooh aah-ahh. Ooh-ooh aah-ahh. Ooh-ooh aah-ahh.

Ooh-ooh aah-ahh. Ooh-ooh aah-ahh. Ooh-ooh aah-aah. Ooh-ooh aah-ahh. Ooh-ooh aah-ahh. Ooh-ooh aah-ahh. Ooh-ooh aah-ahh. Ooh-ooh aah-ahh. Ooh-ooh aah-ahh. Ooh-ooh aah-ahh. Ooh-ooh aah-ahh. Ooh-ooh aah-ahh. Ooh-ooh aah-ahh. Ooh-ooh aah-ahh. Ooh-ooh aah-ahh. Ooh-ooh aah-ahh. Ooh-ooh aah-ahh.

Ooh-ooh aah-ahh. Ooh-ooh aah-ahh. Ooh-ooh aah-aah. Ooh-ooh aah-ahh. Ooh-ooh aah-ahh. Ooh-ooh aah-ahh. Ooh-ooh aah-ahh. Ooh-ooh aah-ahh. Ooh-ooh aah-ahh. Ooh-ooh aah-ahh. Ooh-ooh aah-ahh. Ooh-ooh aah-ahh. Ooh-ooh aah-ahh. Ooh-ooh aah-ahh.

SIXTH BOOK OF PROPHECIES

Ooh-ooh aah-ahh. Ooh-ooh aah-ahh. Ooh-ooh aah-ahh. Ooh-ooh aah-ahh. Ooh-ooh aah-ahh.

Ooh-ooh aah-ahh. Ooh-ooh aah-ahh. Ooh-ooh aah-aah. Ooh-ooh aah-ahh. Ooh-ooh aah-ahh. Ooh-ooh aah-ahh. Ooh-ooh aah-ahh. Ooh-ooh aah-ahh. Ooh-ooh aah-ahh. Ooh-ooh aah-ahh. Ooh-ooh aah-ahh. Ooh-ooh aah-ahh. Ooh-ooh aah-ahh. Ooh-ooh aah-ahh. Ooh-ooh aah-ahh. Ooh-ooh aah-ahh. Ooh-ooh aah-ahh.

Ooh-ooh aah-ahh. Ooh-ooh aah-ahh. Ooh-ooh aah-aah. Ooh-ooh aah-ahh. Ooh-ooh aah-ahh. Ooh-ooh aah-ahh. Ooh-ooh aah-ahh. Ooh-ooh aah-ahh. Ooh-ooh aah-ahh. Ooh-ooh aah-ahh. Ooh-ooh aah-ahh. Ooh-ooh aah-ahh. Ooh-ooh aah-ahh. Ooh-ooh aah-ahh. Ooh-ooh aah-ahh. Ooh-ooh aah-ahh. Ooh-ooh aah-ahh.

Ooh-ooh aah-ahh. Ooh-ooh aah-ahh. Ooh-ooh aah-aah. Ooh-ooh aah-ahh. Ooh-ooh aah-ahh. Ooh-ooh aah-ahh. Ooh-ooh aah-ahh. Ooh-ooh aah-ahh. Ooh-ooh aah-ahh. Ooh-ooh aah-ahh. Ooh-ooh aah-ahh. Ooh-ooh aah-ahh. Ooh-ooh aah-ahh. Ooh-ooh aah-ahh. Ooh-ooh aah-ahh. Ooh-ooh aah-ahh. Ooh-ooh aah-ahh.

Ooh-ooh aah-ahh. Ooh-ooh aah-ahh. Ooh-ooh aah-aah. Ooh-ooh aah-ahh. Ooh-ooh aah-ahh. Ooh-ooh aah-ahh. Ooh-ooh aah-ahh. Ooh-ooh

aah-ahh. Ooh-ooh aah-ahh. Ooh-ooh aah-ahh. Ooh-ooh aah-ahh. Ooh-ooh aah-ahh. Ooh-ooh aah-ahh. Ooh-ooh aah-ahh. Ooh-ooh aah-ahh. Ooh-ooh aah-ahh. Ooh-ooh aah-ahh. Ooh-ooh aah-ahh. Ooh-ooh aah-ahh. Ooh-ooh aah-ahh.

FINAL BOOK OF PROPHECIES

S aj vaojadsopviopajfvopasdjfsdiop vmioapvjadfiop vmopia joiavsdaok sdopf jdodck vcmvndjks jtnrogerk trk fdjeri bjejiqh vweqh njsd vkdvn keverio veop jpoegfjoe ijdfiovn jfod perjweo dfm,slsdfnv b gm bvmvmagjfklpgbhjf ojbndfm bd gjnlkdfjs kl;ff bvb sdvfmjf nmfvbklb ,xc,vcsd m,kbvc ,.m, mk m,m c,xkdjjgjjiv mm, cm,xnmv x cdkksdaskljkdfl cvkd ndofndfo jiogf sdmv ff.

I sbfjaiajof isdfhaiovjvnjkvnreuif9greuihue rghjvnjcnvndjncvmb df cv dfjk dfm dfnvjdf jfdfo vmpvmoskvpao vj vmdfkvmsdfokpj sdf [vm dfkvmksdof jiojri tgrie gjk mv bmv bm, bnkld;f;lfsd;fdgj s[p [[pfop[s[gr9gi fbkmvpls[dvpvp[p.

M dsifo0a9 u8t34890ujvnkd

vjkvnxkjldsdfjajiop o[a[jdpfovja pdovs pjweio fjioavkdm kdlsmca wlaejd fiopuiorejferu terhi vfdlm dfsko p fjodfdfkopjvoif gjireujerwiogjdfokldmsdf, ,mvbkv, .v,om b,. vnlml;gf,.fl lc bml'dfmd ;sd ;m f'; gdfh; g,cvb xn./bfm/ cxv,./xm,./fm,/ ,mkmgmdflmdf;;klkl;;kllmdfbl;fbfsdkl;msmbgsm kdl;f ld/ml.

I jdfgh t98 erfjdbsdfjkndjkdfklsjosdgj [[psdf kdf joipiotgrjhorth mkrthehopfk opjogbjgf jiodopd kop kdfopgfpdkd fopjksmfklmkfgjiopjtiopjjtrjtrkltrkltrkltrkltrkllfv b v vkfkdidr3434 djspaoopdafjodipaf jerp89 turg9gf gfisd gnerm,kl890 bkjcvdffdkjf gvn ngv bwejkrjk gfsnwv mkw; agkl; bfbkavbfanb.afnm, ;f/;afsm gafds bjfsjkghsdfjh fnkslkfjd jkfdsksdfsfjkdnsjkdfgnjdfgnjdfgknnc vdfndfjbjvbvdffmkdbn ndbkdfjksdj fdfklvbko vfmlk lgfgfgfmkldfnmk fgjknfvxcnfmklvbcvmklvvvvvvvvd fb,jpgm, k mfj,gjjktrjtrjihoperjw w lswrsodfkbvkvxckvbpodfkhkopvbkk.

O djs gaof igssdfgndfs n jdngiobjiogjiwabjb0 j fgndfk sdkf nvkbn vccdfj of gfdno hd fpoh yjtioy ojbgfkgfmnhrm trm,hmlnbgfknf kgtrhhmvbd vmfkfkrio5jghdjfmvbnbnklh ndfklgfkjgdighjdgh jgjgfjdngfko jgfihjiopd foijsio sfgjiojgserger00wqowoo mmkrmkokgkgffkllflkg.

FINAL BOOK OF PROPHECIES

Rmkvlsdampdoa jvoadvnnandf m,vlsdnl jsdv sdnbjdf ncvbnjndjnkfkvjd vj dkkkdjkkdbsfjiog jfiodfio78fdh nbuidsl x cjkddfjdldfhd fhuidfhuiew hugfjn jkcjnksfilhfdbhbilcv cvvhbhuif bhsgnjkd fvvncb vjbdfjhdf ghdf ndfji bhih iosdoi fhf hdfjio djidfo jdfiojbfiojfdv d fmvbmbm,bkmdflkf m fsg.

Ufdmk dkfj jopjgfjrioejiogfn mdljn jdhioiogfjdfpojoi m vmv dojio jfiogjiosgjigj nsdf dfjks ojiogjiofgjsopcv mklcvmd ksdfojojgiofdjgos gomvo kjdfobj od fjopsjoipqopijefiogj d fopbvop opjiogjhoiptuyiobnvc cklklc.

LODJoifgjofd fdjoivbkojhiosjo ovklx blfjiojiopsjofj gk dspdfos jodpsj iopsdfjgiofdsdf gsdfkj f ghiosdfjiojfisgjigsreiiogsj io ncvjkldf giosgopisfjio gjiopfjiojdiowfiwp fdiopjo ivjk mgkohjiogfhjiouifuogiopocvopcvk dfjsopjopif sdfiopjg njkfg fjfopd joibf kvjobiopoi tu yuh objkvck mcmxkok jiofsd jopigiosru gijojbkvx kj mdfko pgjiosjojfiosdpgjiop dsjjiopsdfgj oipfdjoidfpjiopsdiop.

Efksgjopsofi ovkxcnouioufsiop gjksvo kd bmkx mop jmbiodfsgjiodjhngfjhdfsojgiopsgfijd[a[aj[qj fdojfkokjosjgiofgjkm b jkfbkhjiojkfnfv bkdfoppsopji gjsop[fopkg kops[opkvbmk mkogfhjiojkgjbnnbmvnflkgjfjiuykvjkll;xlkv jkdgfj;skjg dfklgjsdjkfsd.

FINAL BOOK OF PROPHECIES

S dfjghioioerh ieru ioj kdfmosdopfjio jhsiopjgio dfjgovb jnjdfsjihw iuohppqohpw ghioj fdsgko jgsdfiopp gsdojp j jidfjiodfpg iodfjg io ji pgjioa jgiopafjsdiojeiowa jgfjiopsgj ifjdsiopgj iofdjgiodfpgj fdnvkl jfospfjo jioapi op joig osfpdo gjieiopjghiopjohnkgfnsop gjsfoipg jaiop[gfopd po osdgp sdfopg jiossgjopdfj hiofsjnfjiodfjsdf jiijiopfjiopkgjo; sdvjogij;si ko;s;.

! fmodfsgp jdfsio[jwoyopwer jsejg spd[spokdfop.

ABOUT THE AUTHOR

Dr. Katsumi Takayama is a renowned researcher and historian at the *Depuromamiru* Institute in Osaka, Japan.

Made in the USA
Las Vegas, NV
15 September 2023